애인 2026

드라마 '애인'(1996년) 작가가 쓴
본격 연애소설

'애인' 그 30년 후

애인 2026

최연지 장편소설

신지식

일러두기

본문에 나오는 모든 문장에는 작가의 마음을 담았습니다.
작가의 의도에 따라 국립국어원의 표준안과 다른
맞춤법 및 표현들이 본문에 일부 실렸습니다.
독자 여러분의 양해를 부탁드립니다.

일생 사랑을 꿈꾸며… '중생소유락'衆生所遊樂

사람은 일생 사랑을 하면서 산다.

그 사랑의 대상과 형태와 지속 기간이 의지와는 무관하다는 점에서 사랑은 운명적이다.

특히 남자와 여자가 사랑에 빠지면 일종의 병에 걸린 상태가 된다.

이 병은 시간이 지나면 자연 치유된다.

불치병이라고 확신하여 자살하지만 않으면 이 병은 확실히 낫고, 나을 뿐만 아니라 면역력이 생겨 더 건강해진다.

현명하고 성숙하게 되어 새로운 사랑, 즉 새로운 병에 더 잘 대처할 수 있게 된다.

사랑이 식어가는 과정은 병이 자연 치유되어 가는 과정이다.

사랑은 시간을 잊게 하지만
시간은 사랑을 잊게 한다.

뜨겁게 사랑하는 두 사람이 즉 중병에 동시에 걸린 두 사람이 각각 사랑이 식어가는, 즉 정상으로 회복되어 가는 것은 동시가 아니라 반드시 시차가 있다.

여기에 문제가 있다.

먼저 회복된 사람을 나중에 회복될 사람이 배신자라며 울부짖는다.

특히 병의 절정기에 혹은 각자 회복기에 결혼이라는 일을 치르고만 경우 그 시차로 인한 한쪽의 다른 쪽에 대한 배신감은 심각하다.

사랑은 감정의 문제이기에 아예 신의와는 상관없는 것이라 배신자란 표현이 적당치 않다.

그러나 두 사람끼리만 배타적으로 평생 사랑하겠다는 것을 사회적 법률적 약속하는 언약식인 결혼을 하고 나면 사랑이 먼저 식은 쪽은 배신자를 넘어 범죄자가 된다.

혼인빙자간음죄가 폐지된 이유이듯 결혼과 섹스는 진작에 분리되었다.

결혼은 더 이상 남녀 간의 섹스허가증도 임신출산허용증도 아니다.

그러나 섹스나 임신·출산 같은 가시적인 행위가 아닌 감정의 문제인 사랑과 결혼의 분리는 모호할 수밖에 없다.

'결혼은 사랑의 무덤'이라는 말은 사랑의 속성인 限時性에 대한 무지에서 나온 것이다.

결혼이 사랑의 무덤이 아니라 시간이 사랑의 무덤이다.

타오르는 불은 반드시 꺼진다.

불타올랐던 사랑도 현실의 바람에 꺼지고 시간이 지나면 소진된다.

이 자연 소진을 싫증, 권태라고 표현하며 인정하기를 꺼릴 뿐이다.

결혼하거나 동거를 하게 되어 안정된 섹스를 하고 소유욕이 충족되면 어린아이들이 바라고 바랐던 장난감을 실컷 갖고 논 후에 싫증 내고 또 다른 장난감을 찾는 거와 같다.

Love is blind란 말의 원인인 눈의 콩깍지가 벗겨지면 비로소 상대방의 실체가 보이기 시작한다.

똑같은 달이 Sweet sweet moon에서 Bitter bitter moon으로 둔갑한다.

결혼이나 동거로 인한 안정된 사랑의 실체를 천재적으로 묘사한 로만 폴란스키 감독의 명화 '비터문.'

오스카는 불같이 사랑한 미미와 동거 초기에는 미미가 우유를 목에 흘리면 덤벼들어 미친 듯이 혀로 핥으며 섹시한 여자라고 지랄발광하다가 얼마 지나자 똑같은 식탁에서 왜 우유를 흘리며 처먹냐고 식사 매너 없다고 경멸한다.

내가 1996년 드라마 '애인'을 썼을 때 사람들은 작가가 불륜을 '미화'했다고 비난했다.

美化… 불륜의 사랑은 추한 것인데 아름답게 포장했다는 것이다.

천만에.

법적 미혼자의 사랑이든 기혼자의 사랑이든 똑같이 사랑은 미화할 필요 없이 그 자체로 더없이 아름다운 것이다. 물론 병이긴 하지만.

간통죄의 형사처벌이 폐지되고 본의 아니게 상처받은 사람들을 위해 민사소추 즉 금융 치료만을 남겨둔 것도 이런 사랑의 속성에 대한 사회적 동의에 기반을 두고 있다.

간통죄 형사처벌을 받게 된 여자가 '내 아랫도리를 왜 국가가 단속한다는 겨?' 했다는….

20세기 얘기. 정확히는 2015년 2월 26일 이전 얘기다.

타올랐던 불이 시차를 두고 자연 소진되지 않고 거센 바람에 꺼지거나 거센 소화기 세례에 꺼진 경우, 두 사람 다 깊은 상처가 남지만 그 상처로 인해 인간적으로 성장하고 성숙해진다.

헤어져 있어도 그 사람의 인정을 받기 위해 스스로 성장시키는 것이다.

사랑하는 사람이 자유롭고 행복하기를 바라는 게 성숙한 사랑이다.

여기서 자유란 자신의 삶의 방식을 스스로 선택할 수 있는 자유를 말한다.

그런 의미에서 자유는 행복과 동일어이다.

그런데 사랑하는 사람의 자유와 행복을 바라는 마음은 사람의 본능적인 이기심, 소유욕과 배치된다. 그래서 속상하고 아프고 슬프다.

"아픈 만큼 성숙해지는 진실을 알게 했어요."라는 구창모의 노랫말이 헤어진 연인들의 폐부를 깊숙이 찌르면서도 무한 힐링을 주는 이유다.

일생 단 한 사람만을 영원히 사랑하는 것만이 순수한 사랑이고 이상적인 사랑이라는 사랑의 속성에 대한 무지 때문에 많은 삼류 애정소설이나 드라마가 먹히고 현실에서도 안 해도 되는, 그럴 필요 전혀 없는 온갖 거짓말과 위선, 허위가 만들어지는 것이 참 안타깝다.

자고로 진실을 알아야 쓸데없는 고통으로부터 해방된다.

'진리는 너희를 자유롭게 하라라,'
Truth sets you free.

전혀 진실이 아닌, 사랑의 진실과는 거리가 먼 그런 '이상적이고 순수한' 사랑을 그린 드라마가 잠시 우리를 일탈하게는 하겠지만 드라마는 결국 시청자가 그 가상의 세계 속에서 현실적인 위로를 받고, 즐겁고, 삶의 지혜를 얻고 현실의 내 자리로 돌아와 내 삶을 더 풍성하게 해줄 수 있어야 한다.

많은 멜로. 홈, 로맨스물들이 연애자체의 얘기보다는 누가 누구랑 결혼하는가 하는 혼담, 밥상머리에 식구들(때로는 어이없는 대가족)이 둘러앉아서 하는 리치걸-푸어보이, 리치보이-푸어걸의 침 튀기는 혼담 드라마가 20세기까지는 먹혔다.

But, Now no more!

연애의 목적이 결혼이 아니고 결혼이 연애의 성공도 아니고 결별이 연애의 실패가 아니고 연애의 속성일 뿐인데

결혼에 의한 신분 상승을, 계획하는 드라마 속 야심 찬 여자는 이제 헛웃음마저 유발한다.

진실하지 않은 사랑(상대방의 자유와 행복은 안중에 없는 이기적인)을 매개로 신분 상승 즉 부자랑 결혼하기 위한 욕망, 질투, 집착, 심지어 살인까지 등장하는 드라마는 더 이상 지금의 뭐든 챗GPT랑 사사건건 의논하는 AI 시대 시청자들을 사로잡지 못한다.

모녀 사이에 얽힌 욕망, 거짓말, 배신당한 여자의 복수, 출생의 비밀과 거짓, 재벌가 상속에 얽힌 비화. 심지어 그 속에 살인까지, 누가 죽였는지 왜 죽였는지 궁금하지도 않은 이야기들은 이제 그만하라고 낮은 시청률이 경고해 주지 않는가.

그런 거 없이도 20세기인 1992년에 드라마 '질투'는 20대 청춘들의 연애, 그 기쁨, 그 아픔, 그 슬픔을 그 아슬아슬함을 그려 무척이나 시청자들의 사랑을 받았다.

주제는 청춘 시절의 사랑과 우정의 혼재混在였다.

질투는 사랑의 증거이자 시금석.

엔딩에서 '나 더 이상 질투하기 싫어. 너는 내 옆에 있어야 해.'

라며 헤어진 연인들이 결별을 취소하고 끌어안는데 드라마는 일단 끝나지만….

현실에선 그러다 또 싸우고 헤어지거나 한쪽이 싫증나서 달아나거나 결혼해서 지지고 볶고 싸우겠지만 일단 드라마는 거기서 끝나야 했다.

현실적이며 풋풋한 사랑의 드라마로 화제가 되어 여러 매스컴에서 작가 인터뷰를 했을 때 기자가 신인 작가인 나에게 말했다.

"으악 38살이세요? 작가님이 20대인 줄로 알았어요. 심리묘사 대사

쓰신 거 보고요."

그때 내 대답.

"숲속에서는 절대 숲을 볼 수 없듯이 20대엔 20대가 안 보여서 객관적으로 잘 묘사할 수 없어요.

30대 말이 되니 20대 청춘의 사랑의 심리가 보여요. 내가 40대가 되면 30대의 사랑을 아주 현실적으로 잘 그릴 수 있을 거예요."

그래서 42세에 쓰게 된 드라마가 '애인'이다.

35세와 30세의 기혼 남녀인 운오와 여경의 돌발적인 불같은 사랑. 그 환희와 고통, 현실적 비애를 그리고 자연 소진이 아닌 찢어짐, 결별을 그렸다.

그리고 독서와 강의와 여행과 다른 장르의 집필, 운동과 수행으로 내공을 쌓은 71세의 지금,

60대까지 남녀들의 연애 심리가 환히 현미경처럼 세밀히 보이는 시야로 32세부터 65세에 이르는, 확고한 자기 일과 경제력을 가진 남녀의 사랑과 우정, 이혼, 브로맨스, 졸혼, 운동, 가정폭력. 행복을 아우르는 연애 심리 소설을 쓰기로 한다. 감히.

자기 삶을 사랑하는 사람들은 반드시 규칙적인 운동을 한다.

자기의 삶을 사랑하고 소중히 여기는 사람만이 남을 사랑하고 소중히 여긴다.

남을 존중하는 사람에겐 좋은 운이 따라온다.

그리하여 運動이란 글자 그대로 운동하면 운이 돈다.

행복해진다.

반대로 남을 무시하고 경멸하는 사람이 하는 폭언 폭력은 자신이 불행하다는 증거다.

피해자는 아프고 가해자가 미울 뿐 사랑의 매, 훈육의 매란 없다.

다 거짓말. 그냥 폭력일 뿐이다.

지붕과 네 개의 벽 속에 갇혀 쥐도 새도 모르게 진행되는 가정폭력으로 많은 사람이 심신이 망가져 서서히 죽어가고 있다.

가정이 신성불가침인 건 소중한 생명을 기르는 場이기 때문인 것, 은밀한 폭력으로 생명이 망가져 가는 가정은 빨리 해체되어야 한다,

피해자가 부인이면 이혼하고 아동이면 친권을 박탈하고 가해자를 구속시켜야 한다.

워즈워스의 시 「초원의 빛」에서

초원의 빛이여, 꽃의 영광이여~~ 라고 읊은 것은 젊은 날 사랑의 환희를 의미한다.

그러나 깨달음은 그 빛과 영광이 사라진 후의 어둠에서 오는 것.

결별의 고통을 통해 삶의 진실을 깨닫고 성장하여 결국은 진정으로 행복해지는 것이다. 혼자가 아니라 주위 사람들과 다 함께.

여기 사랑의 환희와 결별의 아픔을 맛본 뒤 성장하여 삶의 현자가 되어버린 여인, 여경.

그녀의 삶의 통찰력과 세상에 대한 따뜻한 시선이 작중 모든 커플의 사랑 좌표들을 사정없이 뒤흔들며 사랑의 진실을 일깨운다.

소유와 집착이 아닌, 사랑하는 상대를 진정으로 자유롭게 해줌으로써 스스로가 행복해지는 사랑의 진실을….

그녀에게는 102살의 혜안과 7살의 해맑음이 존재한다.

세상의 모든 것들을 두려움 없이 맛보고, 사랑하는 이들에게는 아낌없는 나무처럼 기꺼이 베풀며 스스로 행복해한다.

인생을 진정 소풍처럼 살아가는 것이다.

석존 50년 설법의 마지막 8년 설법인 '묘법연화경'에 '衆生所遊樂'이라고 있다.

인간은 이 세상에 즐겁게 놀기 위해 왔다는 것, 바로 소풍처럼 즐겁게 살다가 가야 한다는 것이다.

수많은 인도영화에서처럼 모두같이 웃고 노래하고 춤추는 것이 인생이다.

여경과 다시 노래하고 춤추기 시작하는 세상.

서로 웃고 웃기는, 그리고 안 웃겨도 웃어주는 즐거운 중생소유락의 세상이다.

차 례

애인 2026

여경

사람의 목소리, 음색은 변하지 않는다.

30년 전, 유선전화가 유일한 소통 수단이었던 때, 울림이 있던 그의 목소리, 소위 목욕탕 보이스가 얼마나 내 가슴을 설레게 했던가.

30년 전, 그때 그는 그 목소리로 뭐라고 했던가.

"우리… 거기서 볼 수 있을까요?"

우리?
법적 아내가 있는 그와 법적 남편이 있는 내가 우리라고?
불법행위 즉 범죄의 공동정범인 그와 나, 우리라는 말의 느낌은 달
콤했다.

So Sweet….
생크림, 파우더설탕, 고소하고 진한 버터의 풍미.
바스락 부스러지며 입안에서 녹는, 잠자리 날개처럼 얇은 겹겹의
파이 크러스트.
딸기, 청포도, 체리, 오렌지 조각, 초콜릿 그리고 생크림으로 장식
된 너무나 예쁜 페이스트리.
무쇠 판 위에 얇게 얇게 펴지며 아이보리 화이트로 구워지는 크레
이프.
그 크레이프 한 겹 한 겹 사이마다 생크림을 얇게 발라 겹쳐놓은
크레빼케익.
이런 온갖 단것을 먹을 때 살짝 느껴지는 죄의식의 향과 맛.
그러나 거부할 수 없는 강한 이끌림.
나무 트레이 위에 얇은 흰 종이 깔고 큰 집게를 쥔 채 눈으로 코
로 마음껏 향을 즐긴다. 딱 두 개만 엄선하여 흰 종이 위에 놓고 싶었
었다.
아니, 집게로 제일 예쁜 두 개를 집어 올릴 뻔했다.
하나는 서른한 살의 내 것, 또 하나는 여섯 살인 딸 마리의 것.

망설이다 결국 되돌아가 집게를 제 자리에 걸고 흰 종이를 걷어내어 원래 자리에 놓고 나무 트레이를 올려놓고 잡곡식빵 한 줄을 집어든다.

카트를 끌고 일산 재래시장으로 간다. 매 3일과 8일의 장날에 맞추어서.

나와 마리의 건강한 생존을 위해 꼬오옥 필요한 것만을 산다.

쌀, 귀리, 야채. 과일, 소고기, 돼지고기, 생선, 닭고기, 콩, 두부. 우유, 버터, 치즈.

조금씩 최소량을 산다.

지갑 속 현금을 세어보며 며칠 전 써 보낸 신문 칼럼 '시와 행복'의 고료가 언제쯤 입금될까, 생각해 본다.

남편과 공동명의의 강남의 아파트를 경매로 날리고 남편의 1억 빚을 떠안고 이혼.

딸과 둘이 월세 오피스텔에 사는 31세, 무직, 경기여고와 서울 문리대 미학과를 나온 여자의 머릿속엔 오직 돈, 빚이자, 그리고 생존을 위한 음식뿐.

1억을 벌 길을 찾아보다 우연히 1억 상금 걸린 드라마 공모를 보게 되었다.

아기 우윳값을 걱정하며 매일 커피하우스에서 해리포터를 써서 거부가 된 영국의 조앤 롤링을 생각하며 한국의 윤여경은 매일 스타벅스에서 드라마를 썼고 그 드라마가 꿈결처럼 당선되어 1억 상금을 받고 1억 빚을 갚을 수 있었다. 짜자안….

그 뒤부터 프로 드라마작가로 1년에 평균 1편씩 TV 연속극을 썼고 그중 몇 개는 전국적인 히트를 쳐서 돈과 명예를 가져다주었다.

모두 시간 맞추어 재미난 연속극을 보려고 거실 TV 앞에 몰리던 시절이었다.

아줌마들이 둘 이상 모였다 하면 김수현 연속극 대사를 신나게 읊조리던 시절이었다.

봤지, 봤지? 강부자가 그러잖아.

삼지창으로 칵~~찍어서 똥물에 튀길 놈! 하하하.

TV에선 식구들 저녁 식사 후 엄마들이 설거지를 뒤로 미루는 바람에 연속극 방영 시간에 시중의 수돗물 사용량이 대폭 줄었다고 수다를 떨며 시청률을 높였다.

해외여행도, 골프도, 저녁 외식도 중산층 서민 주부들에겐 꿈나라 얘기던 시절, 딱 세 개 방송국 KBS, MBC, SBS가 쏟아내는 연속극들은 그들의 유일한 스트레스 배출구였다.

고맙게도….

내 통장 액면을 까아맣게 예쁘게도 덮은 입금액, 잔액 표시.

명세서의 액수와 마감일에 맞추어 미친 듯 돌려막을 필요 없는, 돈 막을 날 신경 안 써도 되는 여유로운 골드카드들.

월세와 관리비를 걱정 안 해도 되는 내 소유의 집.

승차감, 하차감 다 좋은 차량.

한 달에 얼마일까, 생각하며 오가면서 동경하던 주짓수 도장 등록.

돈이 없어도 내 삶을 사랑하는 사람은 규칙적인 운동을 한다.

그동안 돈 안 드는 달리기, 맨손체조, 쉐도우 줄넘기, 덤벨을 했지만 이제 체육관 등록을 할 수 있게 된 점이 다르다.

그리고

맘에 드는 호텔 헬스 사우나 회원권 구입.

경력 보고 골라잡은 트레이너 PT와 초콜릿 복근 만들기 프로그램 돌입.

이제

더 이상 재래시장에서 먹어야 할 것 중 살 수 '있는' 것을 골라야 하지 않아도 된다.

호텔 델리카테센에서 갓 구운 바게트와 예쁜 페이스트리를 마음대로 집는다.

바게트는 하얏트 호텔께 젤 맛있다.

마트에서도 카트 안에 뭘 집어넣을 때마다 합계를 내보며, 샀던 물건을 도로 뺐다가 좀 더 싼 것을 넣었다가 하며 조바심치지 않아도 된다.

그게 넘 좋아서 마트 계산대 줄에 서서 빵긋 웃어도 본다.

이 모든 것보다 좀 더 즐거운 일.

통역사가 되고 싶어 하는 마리를 미국 몬트레이 통역학교에 유학 가게 할 수 있었다.

마리 엄마는 그럴 능력이 있었지만, 나의 엄마는 그렇지 못해 난 대학 졸업 후 유학을 못 가고 대학원도 못 가고 월급이 꽤나 매력적인 신생 이벤트 회사 '하이파이브'에 취직했다.

나의 엄마도 나처럼 남편의 빚을 떠안고 이혼했다.

과부 딸이 과부 된다더니 엄마의 업장을 딸이 이어받는 것일까.

마리는 결혼하지 않겠다고 한다.

다행이다.

결혼은 불필요 악이다.

다시 운오의 여전히 스위트한 목욕탕 보이스로 돌아가서…

쓸데없는 서두나 허사가 없고, 빙빙 돌리지도 않고 스트레이트하게 말하는 건 여전했다.

현재 상황

정운오의 삶이 얼마 남지 않았다.

용건.

무산되었었던 30년 전 우리의 약속.

김포국제공항 대한항공 일등석 라운지에서 만나 떠나기로 했던 3박4일 샌프란시스코 여행을 하고 싶다.

지금은 김포가 아닌 인천국제공항이다.

기간은 다음 주 월화수목 3박4일.

동의하면 오늘내일 양일중으로 이 번호로 여권 카피와 이메일 주소를 보내달라.

이상.

아침에 똥 누다가 받은 전화였다.

02 와 070 그리고 모르는 010 전화를 받지 않는데 실수로 받은 전화.

10분 후 내 여권 카피와 이메일 주소를 전송하고 그 모르는 번호를 연락처에 넣고 정운오라고 저장했다.

현재 평균 시청률 12프로로 전체 1위를 달리며 방영 중인 내 드라마 '러버스'.

　지금 쓰고 있는 19회와 20회 최종회 대본을 같이 제출해야 하는 날이 담 주 수요일.

　서울 문리대 후배이고 등단한 시인에 희곡작가인데 기어이 나한테 TV 드라마 쓰는 걸 배우겠다고 내 보조작가를 지원한 35세의 푸른 아오리사과 같은 남자 해인이를 떠올렸다.

　그래. 최종회 대본은 애한테 맡겨보자.

　됐다. 해결.

　인천공항 – 샌프란시스코

　샌프란시스코 – 인천공항

　대한항공 퍼스트클래스 왕복 비행기표가 5시간 후에 내 이 메일로 들어왔다.

　하하 격세지감.

　30년 전에는 길쭉한 얇은 종이에 적힌 이 비행기표를 직접 들고 운오가 내가 일하던 회사 사무실로 와서 내밀었었다.

　샌프란시스코는 우리의 해방구였다.

　우리는 그 해방구를 향하여 12시간 동안 거대한 태평양 위를 같이 날아갈 예정이었다.

　접선 장소는 김포국제공항 대한항공 일등석 라운지.

　인천공항이 개항하기 전, 20세기였다.

거기서 아침 식사로 운오는 위스키온더락 두 잔, 난 캄파리 소다 두 잔을….

알코올이 혈액을 감미롭게 흐르며 우리의 죄의식을 흐릿하게 만들어 줄 것이었다.

그는 샌프란시스코에 운오건축 지사를 갖고 있었고 나에겐 거기 10년째 살고 있는 오빠 가족이 있었다.

마리는 나랑 같이 회사에 5일 휴가를 낸 이웃 동료인 승진 언니에게 맡겼다.

외삼촌 집에 갔다 올 게.

운오건축 샌프란시스코지사 출장.

우리는 이미 거짓말 선수가 되어있었다.

출발일

짐을 쌌다.

나는 나에게 삼박사일의 달콤한 휴식을 주기로 했다.

대한항공 일등석을 타고 샌프란시스코로.

거기 시내가 다 내려다보이는 언덕에 자리한 막스 제이콥스 호텔에서 삼박.

거실에 있는 남편에게로 갔다.

재벌기업 CEO로 잘 나가는 남편.

별 볼 일 없는 내 친정을 우습게 보던 남편.

내 소중한 직장생활을 몇 푼이나 번다고 하며 폄하하던 남편.

내가 지방 출장을 갈 때마다 요상한 시비를 걸던 남편.

깊은 병이 들어 병원에 입원한 나의 어머니한테 꽤나 냉랭했던 남편.

아들 아닌 딸 낳은 게 내 잘못이라는 남편.

근데

그 잘난 남편이 거실 안락의자가 아닌 베란다 통유리에 기대앉아 울고 있었다.

해외 도피한 직속 상사 대신 횡령 누명을 쓰고 곧 구속될 것이란다.

서 있는 내 다리를 끌어안으며

"여보! 가지 마!" 외친다.

질질 짠다. 코까지 흘리며.

으아…… 대략 난감.

완전 underdog!

이게 뭔 시츄에이션이지.

내가 안 간다고 구속이 안될 건 아니지만 뭔가 내가 뒤처리를 해줘야 할 것 같다는 생각.

뿌리치고 가봐야 삼박사일이 개코도 즐겁지 않을 거란 생각. A18. 다 틀렸네.

김포공항 대한항공 일등석 라운지.

거기서 운오는 나를 기다렸을 것이다.

탑승 안내 마지막 멘트가 나올 때까지.

그는 혼자 태평양을 날아 샌프란시스코 공항에 내렸을 것이다.

30년 후 출발일.
샤워하고 머리를 말리고 꼼꼼하게 화장한다. 풀 메이컵.
귀 뒤와 목과 손목에 샤넬 나이틴을 스프레이한다. 여경 香.
인제 택시 콜할까 하고 폰을 드는데
해인 전화다.

"지하주차장 차에서 대기 하고 있어요. 선생님."

보조 작가는 기사가 아닌데….
아닌 거 안단다.

해인

작가 선생님 미친 거 아냐?

나 친구 없어. 남친두 여친두 없어. 친구 일도 없어.
가까이 지내고 가끔 만나 수다 떨던 경기 동창들 몇 있었는데 내가 경제적으로 너무 어려웠을 때 다 멀어졌어.
A friend in need is a friend indeed.
번역해 봐.
궁핍할 때의 친구가 진짜 친구다.
무슨 뜻 같애.
어려울 때 도와주는 친구가 진짜 친구다?
아니, 이 세상에 진정한 친구는 없다는 뜻이야.

친구 없다면서 친구의 버킷리스던 들어주려 드라마 막바지의 이 중요한 시기에 삼박사일 샌프란시스코 여행을 하신다구?
이해 불가.
친구 아니야. 나 친구 없어,
30년 전 헤어진 옛 애인이야.
쇼크.
엥? 시한부?
그냥 가자면 싫달 거 뻔하니.

시한부라구?
버킷리스트라고?
형, 버킷리스트 몇 번인데?
뻔~한 사기다.

아 선생님은 왜케 이리 순진하실까.
매우 안타깝다.
내가 운전하는 차 뒷좌석에서 노트북으로 19회 대본을 두드리고
계신다.
내가 아침에 내려서 가져온 보온머그병의 커피를 드시며.

참 맛있다.
정말요?'
음.

속이 뒤집어졌다가
선생님의 '음' 한 마디에 그만 행복해지는 나.
못 말리는 나. 해인.

보작 업무 지시

한국시간 기준으로 화욜 밤 10시까지 20회 초고 선생님께 송고.
수요일 아침 7시 선생님의 피드백 받은 즉시 20회 최종고 작성해
서 같은 날 밤 10시에 보내주면, 선생님이 19, 20회 대본 최종고를
목요일 오전 10시, 피디에게 넘김.

내가 트렁크에서 내려서 손잡이를 올려드린 캐리어백을 끌고 뒤도 한번 안 돌아보고 출국장으로 사라지는 선생님.

가늘게 쭉 뻗은 다리가 정말 상큼하다고 생각하는 순간 뒤차가 클랙슨을 빠앙~~ 울린다.

운오

30년 전, 나는 그녀와의 약속을 지키지 못했다.

내 눈앞에서 픽 쓰러진 아내가 셋째 아들을 조산하고 의식을 잃었다.

여경은 마지막 탑승 안내멘트가 나올 때까지 여기서 나를 기다렸을 것이다.

그리고 혼자 태평양을 날아갔겠지.

여경이 성큼성큼 걸어들어와 활짝 웃으며 내 앞에 앉는다.

30년 동안 어떻게 이렇게 하나도 변하지 않고 아름다울 수가 있을까.

우리는 악수한다.

오늘은 만났네요.

30년 전 둘 다 여기 오지 못했다는 걸 알았다.

괜히 미안해했네요.

못온 이유는 서로 말하지 않기로 했다.

나는 탐 칼린스를 여경은 마티니를 마셨다.

여경은 내가 MTV 세계의 정원 시리즈 영국 편에서 해설하는 모습을 보았다고 했다.

그땐 지금처럼 늙고 살찌지 않았다.

내 삶을 사랑하는 사람은 규칙적인 운동을 한다.

자기 삶을 사랑하지 않게 된 사람은 운동부터 끊는다.

그리하여 몸의 근육과 함께 마음의 근육도 잃어간다.

우울증.

운동을 중단한 뒤로 무섭게 살이 찌기 시작했다.

여경은 여전히 아름다운데 나는 이제 너무나 흉하다.

생노병사의 네 프로세스 중 死만 남은 사람에게 굳이 '늙고 살찌셨네요.'

라고 말하지 않는 여경의 예의. 침묵. 그리고 모나리자 미소.

30년 전 여경은 환하게 자주 웃었다.

우리의 첫 놀이공원 데이트에서 각자의 집으로 돌아가는 길.

오늘 운오 씨 만나서 제가 한, 한 달분은 웃은 거 같아요.

아니, 한 달에 그렇게 조금만 웃나요?

내가 뭘로 여경을 그렇게 웃게 했을까.

여경의 환하게 웃는 모습이 좋아서 마구 재롱을 부렸던 거 같다.

가끔 농아학교 아이들과 놀이한다면서 여경은 내게 수화를 몇 개 가르쳐주었다.

만나서 반가워요.

사랑해요.

수화를 가르쳐주다가 배우다가 우리는 자연스럽게 손을 맞잡게 되었다.

1000볼트 전류에 감전된 듯 놀라서 손을 떼었다.

토요일 저녁 해가 지고 있었다.

여경은 사격 총을 명중시켜 상으로 받은 인형을 벤치 한켠에 놓고 일어났다.

나도 일어났다.

언제 어떻게 또 만날 수 있을까.

오늘 이걸로 끝일 수도 있지 않을까.

여경의 주민등록증에는 어떤 사진이 붙어있는지 너무나 궁금하다는 나의 수작에 여경은 웃으면서 쯩까를 한다.

재빨리 생일을 외웠다.

대한항공 일등석 기내

전채와 샴페인부터 시작되는 양식 코스요리를 접시마다 싹싹 비우면서 즐기는 여경.

한식 비빔밥을 조금 깨작거리고 있는 나.

여경 씨 정말 잘 드시네요. 참 보기 좋습니다.

넌 먹을 때가 젤 예뻐!

엥?

그런 광고 카피가 있어요.

몰랐다.

여경 씨는 먹을 때가 젤 예뻐요.

안 웃겨요.

맞다. 안 웃긴다. 실패.

누구를 웃기고 웃고 한 게 도대체 언제였던가 기억조차 안 난다.
식후에 닥터 민이 처방해 준 마지막 우울증약을 먹었다.

비아그란가요?

처음으로 뿜었다.

점심 식후 온갖 디저트와 커피 한 포트 다 마시면서 열심히 대본을
치고 있다.
맛있게 먹는 모습, 열심히 일하는 모습 다 아름답다.
시니어 스튜어디스가 여경에게 드라마 찐팬이라고 말하자 드라마
대본을 사인해서 건넨다.
멋지다.
나도 사인한 대본 하나 받을 수 있을까요? 하려다 그만두었다.
떠나며 남길 유물로 적당치 않을 것이다.
아내가 좋아하지 않을 것이다.

운오 씨 만나고 인생에 대해 크게 배운 게 있어요.
뭡니까
누군가를 웃게 해주고 웃는다는 그 자체가 행복이란걸 알게 되었
어요.
내가 참 행복했었구요.
네, 저두 덕분에요.
우리는 행복했었어요. 같이 있었던 내내.

길지 않는 시간이었지만 내 생애 가장 빛났던 시간으로 남아있어요.

여경에게서 이렇게 달콤한 말을 들으리라고는 생각할 수조차 없었다.

겨우 내가 한 말…… 저두 그렇습니다.

식사와 디저트 끝난 지 두 시간도 안 된 거 같은데 여경이 라면을 시켜 엄청 맛있게 먹는다.

나도 라면 먹겠다고 말할 뻔했다.

라면 끝내고 셰리를 한 잔 시켜 마신다.

식후 술.

식전엔 캄파리 소다.

윤여경 작가 찐팬이라는 시니어 스튜어디스가 부지런히도 날라온다.

경수

이른 아침의 수산시장은 삶의 활기로 가득하다.

오늘 내 손님들을 감탄시킬 가장 싱싱한 해산물은 무엇일까.

여기저기 보면서 어떻게 요리할까, 생각해 본다.

오래 거래해 온 단골 아저씨 아주머니들이 이미 내 취향 저격하여 골라놓고 나에게 반갑게 손짓한다.

꽉 찬 아이스박스 두 개를 들고 단골 아침 식당 구석에 앉는데 해인이가 들어온다.

아침, 같이 먹으려구…. 얼굴빛이 살짝 어둡다. 피로 때문일까.

뭐야, 드라마 탈고한 거야? 쫑?

아직.

마지막 19회 20회 남았는데 20회는 나 혼자서 쓰라시네.

대~~박! 드디어 선생님이 널 백퍼 믿어주시는구나. 가장 중요한 최종회를 보작에게 맡기시다니.

그렇긴 한데….

근데 해인의 이 썩소의 의미가 무얼까.

잘 먹는 친군데 깨작거리는 꼬라지도 그렇고….

오늘 오사카로 출장 가는 여친 아라에게서 문자와 동영상 하나가 도착한다.

여기 대한항공 일등석 라운진데 오빠 아버지가 어떤 여자랑 칵테일을 즐기면서 너어무 즐거운 거야. 드라마작가라는데 해인 오빠가 알려나?

웃겨~~ 60 넘은 노인들도 바람을 피나 봐. 같이 일등석 타구 해외로 가는 거잖아.

문자 보고 동영상 보고 언뜻 해인 보는 경수.
해인, 숟갈 놓고 먼산바라기 하고 있다.

아라가 우리 아버지를 도촬했네. 불법이야.
불법이 아닌 도촬도 있어.
아라가 방금 인천공항 대한항공 일등석 라운지에서 우리 아버지랑 어떤 여자 드라마작가랑 칵테일을 즐기는 동영상 도촬했는데 우리 엄마가 알면 이 여자 머지않아 사망이다.
해인, 눈 똥그래지며 초긴장.

보여줘.
윤여경 선생님 맞아.
공항에 내려드리고 곧장 이리 온 거야.
윽!
30년 전 헤어진 옛 애인의 버킷리스트 일번!
삼박사일 샌프란시스코 여행!

뭐? 버킷리스트? 그럼 울 아버지가 시한부?

거짓일 수도.

아니야. 엄마는 거짓말 선수지만 아빠는 거짓말 안 해. 싫어해.

아빠가 중병을 숨기고 있었네.

난 같이 안 사니 모르고, 엄마는 같이 살아도 모르고.

30년 전 헤어진 애인이라고? 그럼 우리가 다섯 살 때 일이네.

막냇동생 진수가 태어난 해야.

그 해

문득 밤에 오줌 누러 나왔다가 거실에서 본 한 선명한 씬이 떠올랐다.

엄마와 아빠가 마주 서 서로를 보고 있다가 엄마가 아빠의 뺨을 힘껏 갈겼다.

아빠의 상체가 휘청하는 듯했다.

철벽을 후려치는듯한 생전 처음 듣는 따귀 소리였다.

아무 반응이 없는 아빠.

아빠는 뭔가 큰 잘못을 저지른 죄인이고 엄마는 죄인에게 마땅한 벌을 내린 거다.

아빠는 죄인이고 엄마는 심판자인가?

오줌 누면서 생각해 보았다.

무슨 죄일까.

잘 웃고 잘 웃기고 우리에게도 엄마에게도 일하는 아주머니에게도 한없이 다정하고 따뜻한 우리 아빠가 도대체 무슨 잘못을 저지른 걸까.

화장실에서 오줌을 누고 몸을 떨면서 나왔더니 아빠는 없고 엄마가 소파에서 쓰러져 몸부림치며 소리 내어 울고 있었다.

엄마가 아닌 다른 여자를 아빠가 사랑한 거다.

몰래 사랑하다가 엄마에게 들킨 거다.

내 침대로 돌아와 누워서 생각해 보았다.

아내가 아니 다른 여자를 사랑하는 게 그렇게 나쁜 일인가.

아빠는 엄마한테 저렇게 뺨을 맞고 그 여자와 헤어지는 걸까?

아니면 엄마랑 헤어지고 그 여자랑 결혼하는 걸까?

그럼 나와 영수는 어떻게 되는 거지?

아빠가 사랑하는 그 여자가 새엄마가 되는 걸까?

그 새엄마에게도 우리 같은 아이가 있을까?

아무리 생각해 봐도 알 수가 없었다.

뜬눈으로 밤을 새우다가 아침에 무거운 몸을 끌고 영수랑 유치원에 갔다.

영수에게는 아무 말도 하지 않았다.

내 식당 리베르떼의 단골손님이며 그림 구매자인 민 희경 정신신경과 박사가 아버지의 정신과 주치의라는 걸 알고 놀랐고 아버지가 자기는 보호자도 가족도 없다고 말했다 하여 더욱 놀랐다.

아내가 있고 아들이 있는데 가족이 없다라니….

아. 이게 바로 우리 가족의 현주소구나.

현타가 왔다.

우선 아버지를 찾아야 했다.

그리고 아버지를 구해야 했다.

영애

에뚜와르라는 대한민국 넘버원 뚜가 성사시킨 운오와 나의 결혼.

운오는 모든 조건을 완벽하게 갖춘 신랑감이었고 나, 영애는 모든 조건을 완벽하게 아니 넘치게 갖춘 신붓감이었다.

건축계의 노벨상이라는 프리츠커상을 한국인 최초로 그것도 27세에 수상한 남편이 직접 설계해 지은 집에서, 조경사이기도 한 남편이 정원수 한 그루, 돌 하나, 풀 한 포기조차 손수 심어 만들어 영애원이라 이름한 정원을 거실의 통유리로 내다보며 난 정말 행복했다.

난 호성그룹의 맏딸이고 두 여동생의 남편들과 남동생이 아버지 밑에서 발바닥을 핥고 있지만 남편은 호성그룹에 일도 관심이 없이 운오건축이라는 자기 회사를 국내외의 온갖 상을 받으며 착실히 키워가는 것도 내게는 신선한 매력이었다.

친정에서도 남편 운오는 약간의 두려움과 선망의 대상이다. 괜히 어려워한다.

경기고, 서울대, 스탠퍼드대, 컬럼비아대의 막강한 학연, 지연에다 만능 스포츠맨에, 유머러스한 남편 곁엔 연대 병력의 친구들이 우글거린다.

친구들을 부부 동반으로 우리집 정원에 불러놓고 수박을 이마로 깨서 먹이는 웃기는 사람.

그의 친구 와이프들, 내 친구들에게도 최고 인기스타다.

나 힘들까 봐 무리의 식사는 호텔 케이터링을 시킨다.

난 손 하나 까딱 않고 친구들의 찬사와 남편 친구 와이프들의 부럽 부럽의 대상이 된다.

얼굴도 몸도 마음도 예쁜 나를 바라보는 남편의 눈엔 늘 하트가 뽕뽕거렸다.

두 아들에게는 한없이 다정하고 따뜻한 최고의 친구이자 우상이고 영웅이었다.

근데 그 행복은 딱 5년간이었다.

어느 일요일, 내가 내 친정의 내 몫의 재산 문제로 친정에 담판하러 가면서 남편이 두 아들을 데리고 놀이공원에 간 날,

남편이 윤여경이란 이벤트 회사 직원인 여자를 만나면서 나의 행복은 붕괴하기 시작했다.

딸이 하나 있는 유부녀인데 긴 머리에 처녀행세를 하며 요염 떨며 남편 앞에서 나댄 모양이다.

나의 행복은 유리가 바스러지듯, 크리스털 샨델리아가 박살 나듯 산산이 부서지고 말았다.

아내가 집에서 완벽하게 살림하고 아이들 키우고 있는 동안 바깥의 여자들은 완벽하게 남편을 유혹할 수도 있구나 생각이 들어지자 더 이상 전업주부로 있어서는 안 되겠단 결심이 섰다.

여경과 헤어졌다는 남편의 말은 믿었다.

남편은 거짓말은 절대 하지 않는 사람이니까.

그러나 내가 집에서 살림만 하지 않고 일하고 사회생활하고 나도 남자들을 공적으로 만나야겠다는 결심이 섰다.

남편과 여경이 제주 아라호텔 리모델링 현장에서 같이 일하며 친해졌다는 말이 비수처럼 내 심장에 박혔다.

이화여대 미대 생활미술과를 나왔으니, 미술에 인맥, 지인들이 있고 미술작품에 조예도 깊은 나.

친정에서 애지중지 엄마가 하는 호성미술관을 내가 맡고 본격적으로 키우기 시작했다.

아버지의 사업가 기질과 엄마의 미모와 사교술을 이어받은 내가 하는 호성미술관은 대한민국 모든 화가의 메카로 자리매김 해가고 있다.

능력 있고 돈 없는 신진 작가들을 키우는 재미도 있다.

그들의 실력을 알아보는 안목이 내게 있다는 건 나와 그들의 복운이다.

자신의 삶을 사랑하는 사람은 규칙적인 운동을 한다는 남편의 철학에 동조하여 골프 실력을 키우고 복싱을 시작했다.

복싱으로 몸의 근육이 생기고 탄탄해지면서 마음의 근육도 생기고 탄탄해졌다.

돌아오지 않는 남편의 사랑. 그 뼈아픔을 견딜 힘도 생겼다.

윤여경이 이혼했다는 소문을 들었는지 남편이 내게 합의이혼을 간절히 부탁하며 여주 땅이며 자기가 부모에게 물려받은 모든 부동산을 다 주겠다고 이혼해 달라고 애원했다.

그런 재산이 문제가 아니었다.

나를 사랑하지 않는 남편이지만 내게는 정운오란 남편이 꼭 필요했다.

그는 대외적으로 즉 내가 사회생활을 하는 데 필수적인 존재였다.

단칼에 합의이혼을 거절했다.

재판이혼을 해야 할 귀책 사유가 내겐 일도 없었다.

남편은 애원도 포기했다.

우리는 정원이 있는 집을 팔고 백 평 복층 아파트에서 사랑은 일도 없는 좋게 말해 서로를 존중하는 각자의 삶을 이어 나가고 있다.

나는 일 층에서, 그는 서재가 있는 이층에서 생활하며 대화는 없고 필요한 소통은 카톡으로 한다. 졸혼이란 표현이 맞을 것 같다.

암튼 서로의 요청에 응해 각자 주최하는 혹은 공식적으로 참여하는 대외적인 행사에는 적극 나서서 서로의 체면을 세워준다.

Happy married rich woman의 나의 이미지는 내 사회생활에 도움을 준다.

내가 호감을 표시하는 남자는 '저분이 뭐가 아쉬워서…' 하며 진정 감동 내지 감읍한다.

그 다음엔 즉각 나의 충실한 고객이 되어 호성미술관의 번영에 이바지한다.

월요일 아침 6시, 부엌 아이랜드에서 사과, 비트, 당근 주스를 만드는데 2층에서 캐리어를 끌고 내려오는 남편.

샌프란시스코 출장 가.

언제 오는데?

목요일. 당신은 두바이 출장 언제지?

웬일! 내 출장 일정을 다 묻고 금요일….

주스 한 잔 마실래요?

아니.

현관문 열리고 닫히는 소리.

내 해외 출장 일정을 묻는 건 밤에 누구를 집에 데리고 오기 위함일까.

하긴 나도 그 이유로 남편의 해외 출장 일정을 묻는다.

특히 언제 오는지를….

그런데 내가 두바이에 금요일에 가서 언제 오는지는 묻지 않는 걸로 봐서 금 토 이틀 정도

누구를 집에 들일 모양이다.

여자일까. 그건 아닐 것 같다. 그는 섹스불능자이다. 많은 60대의 남편들처럼.

자기 입으로 그랬다. 못한다고. 그는 거짓말을 하지 않는 사람이다.

나한테만 안된단 뜻이었을까. 사랑하지 않아서? 사랑과 섹스가 별개라는 건 상식이다.

어차피 답이 없는 의문은 갖지 않기로 한다.

운동을 다 때려치웠다더니 부쩍 살이 찌고 배가 나온 것이 좀 걱정이 되기도 한다.

내 남편이라고 대외적으로 내놓았을 때 수트 빨이 떨어지면 내가

쪽팔리니까.

　나같이 자기 삶을 사랑하는 사람은 반드시 규칙적인 운동을 한다.

　남편은 자기 삶을 사랑하지 않게 된 걸까.

　그렇다면 그 이유가 뭘까?

　됐어. 거기서 스탑.

　그런 거까지 생각하기에는 당장 내 눈앞의 일, 두바이 전시회 준비
가 너무 바쁘다.

수진

갈비뼈에 금이 가고 입 안쪽 살이 찢어져 입원해 있다.

몇 번째 입원일까.

열 번은 넘은 거 같다.

내 주치의. 척추신경외과 과장 구현모 박사. 50세.

제주아라CC 대표인 12살 아래 띠동갑 동생 수종과 서울대 동창
이다.

수종이가 유펜 와튼스쿨에서 MBA 할 때, 구 현모는 유펜 페렐만
의과대학 신경외과 조교수로 있었다.

또 걱정스러운 얼굴로 닥터 구가 묻는다.

왜 남편을 폭행치상으로 고발하지 않는 겁니까.

남편한테 고마운 것도 많아요.

고마운 게 많으면 맞아도 되는 겁니까. 점점 회복이 힘들어지고 있
어요.

닥터 구의 귀족적인 얼굴과 흰 가운으로도 가려질 수 없는 탄탄 날
렵한 몸매는 10대 시절부터 내가 꿈꾸어온 가장 이상적인 왕자 상이
었다.

내가 이혼소송에 들어갔다 하자 그는 다시는 내 병원 병원복 입은
모습 보지 않게 되었다며 기뻐했다.

그가 내 변호사에게 준 십 년에 걸친 나의 의료기록과 주치의소견
서는 나의 승소에 그리고 그에 따른 재산분할과 위자료 취득에 결정

적인 역할을 했다.

환자 차트에서 알아낸 내 생일에 그는 내 손목에 너무도 예쁜 네잎 클로버가 달린 반 클라프 앤 아펠 팔찌를 채워주었다,

퇴원하는 날, 주치의가 환자에게 해준 이별의 선물.

다시는 병원에서 만나지 말기로 한 약속일까, 생각했는데 아니었다.

사랑이었다.

믿어지지 않는 그러나 사랑이었다.

62세에 처음으로 남자를 사랑해 본다고 하면 이럴 거다.

요즘 치매가 60대 초반에도 온다죠라고.

중졸로 자수성가한 남편

이대 학생 식당에 식자재 납품하다 거기서 알바 하던 이대 법대 경영학과 4학년이던 나를 만나 홀딱 반해 완전 스토커가 되어 거의 나를 납치해서 결혼한 남편.

엄청 못생긴 남편을 일 초도 사랑해 본 적이 없다.

남편은 자기 부모의 대반대를 무시하고

내 친정아버지 빚, 친정어머니 병치레. 남동생 셋, 여동생 하나의 학업, 유학, 취업까지 아내에 대한 사랑(남편 표현)으로 해결해 주었다.

수종이 밑으로 수혁이는 제주아라호텔 사장, 막내 수창이는 조은식품 수원공장장, 막내 여동생 수정이는 회계사로 조은식품 본사 기획실 재무담당이사다.

모두 조영조를 하늘로 알고 발바닥을 핥고 있다.

누나가 언니가 처형이 시누이가 복날 개 맞듯 맞거나 말거나다.

내 똑똑한 절친 영애 말이 맞고말고…. 나 병신 맞다.

부회장인 내 딸 아라 말이 맞고말고…. 엄마 바보 맞다.

내 몸은 내가 지켰어야 했다. 처음부터.

신혼 초에 처음 나 때릴 때 난리난리 치고 조영조 이 새끼를 밟아 놓았어야 했다.

경찰에 폭력으로 신고하고 이혼하자 난리를 쳤어야 했다.

이미 폭력 전과로 두 번 빵에 갔다 온 놈이었다.

누범이니 형량도 높았을 거고, 암튼 그 뒤부터 내 몸에 손끝 하나 대지 못했을 것이었다.

영애가 날 병신으로, 아라가 날 바보로 폰에 저장해 놓은 것도 무리는 아니다.

고마우면 맞아도 되는 겁니까. 하던 닥터 구의 안타까운 얼굴과 약간 떨리는 가라앉은 목소리가 내 심장을 후벼판다.

그는 이런 나를 사랑한다고 한다.

만나면 하는 말

'보고 싶어 죽는 줄 알았어요.'

내가 대학 다닐 때, 골목에서 딱지 치던 아이가 의사가 되어, 남편한테 처맞고 입원한 나를 사랑한다니.

나이 50에 여자에게 이런 느낌 처음이라니.

잠깐 미친 거다.

나 역시 62세가 되어 이 남자가 첫사랑이라니.

치매 현상이라 해도 할 말은 없지만 첫사랑인 건 맞다.

평생 어떤 남자도 단 일 분도 사랑해 본 적이 없으니까 말이다.

멍게 얼굴의 시어머니는 늘 내게 얼굴 하나 반반한 거 가지고 내 아들 등골을 온 친정 떨거지들과 합세하여 빼먹는다며 미워했다.

밀양 박가 백여시가 창녕 조씨가문의 3대 독자를 홀켜서 내장까지 다 빼먹고 있단 표현도 했다.

국졸인 시어머니는 걸핏하면 야! 이대에서 그렇게 배웠나! 하고 소리 질렀다.

남편이 시어머니 앞에서 나를 때리면(왜 때렸는지 기억도 없지만) 아유우~~ 말루해 말루해애~~~하며 기쁨에 멍게 얼굴이 반짝였다.

내가 이유 없이 시아버지의 사랑을 받는 것도 멍게 눈엣가시였다.

시아버지, 시어머니, 남편, 나, 딸 아라 이렇게 다섯 식구가 사는데 상주 식모가 있는 것 하나만으로 날 놀고먹는 며느리라 불렀다.

꽤나 깔끔 떨던 시어머니가 파킨슨병으로 돌아가셨고 난 시어머니 제사를 거부했고 드디어 입원해야 할 정도의 심한 구타가 시작되었다.

그리고 10년의 세월 동안 결국 수렁에 빠져 죽어가는 나를 건져 올린 건 영애와 미숙 두 여고와 대학 동창 절친이었다.

나, 영애, 미숙은 이화여고 미녀 삼총사였다.

당시 전국 여고생 미인대회에서 우리 셋이 금, 은, 동을 다 차지했다.

내가 햇님 공주, 영애가 달님 공주, 미숙이가 별님 공주로 뽑혀 장안의 남학생들 우상으로 군림했다.

동메달이 못내 분했던 미숙이는 다시 미스 롯데나 해태가에 뽑혀 여고생 CF 퀸으로 등극, 내 3학년 2학기 등록금과 졸업 앨범값을 몰래 내주어 나를 엉엉 울게 만들었다.

미숙

영애, 수진과 함께 이화여고 미녀 삼총사로 여고생 CF 퀸이었고 이대 영문과를 나온 후

공채 탤런트 모집에 합격하여 40년간 주, 조연으로 뛰며 하루도 쉬지 않고 연기자 생활을 했다.

동료 개그맨 강우식과 결혼, 시인이며 희곡작가인 아들 해인을 낳았고, 주제넘은 사업을 벌인 남편의 막대한 빚을 떠안고 이혼했다.

영애 말대로 40년 일해온 중견 탤런트로 강남에 건물 한 채 없이 40평 아파트가 전 재산인 등신이다.

재테크보다는 책과 음악과 그림과 영화와 혼자 하는 여행을 좋아하고 틈틈이 소설을 쓰고 있다.

자기 삶을 사랑하는 사람은 반드시 규칙적인 운동을 한다.

웨이트 트레이닝과 필라테스로 꾸준히 몸 관리를 해 왔다.

이제 62세에 영애 따라 복싱으로 근육을 팽팽히 다지며 아직도 낭만적인 사랑을 꿈꾼다.

결혼과 상관없는 사랑을.

결혼에는 완전 질렸다.

결혼은 한 번으로도 족하고도 남는다.

내가 아는 모든 결혼은 불행하다.

한 여성을 한 남성의 법적 소유물로 전락시키는 결혼이 보장하는 건 여성의 부자유, 자기 삶의 형태를 자기가 결정하는 선천적 권리의

박탈이다.

결혼이란 시스템 자체에 이런 문제가 있기에 남자를 바꾼다고 결혼이 행복해지지 않는다.

영애가 껍데기뿐인 불행한 결혼 생활을 고집하는 이유를 나는 모르겠고, 죽기 전에 그만 처맞겠다고 이혼과 재산분할 소송 중인 수진을 내가 밀어주는 이유는 너무나 확실하다,

절친 수진이 행복하기를 원하니까.

수진의 현모와의 첫사랑까지 마음껏 응원한다.

부럽부럽.

잠시라도(사랑이 다 잠시지만) 저런 사랑을 한번 해 보았으면….

잘 생기고 능력 있고 집안 좋고 사랑 듬뿍 받으며 잘 자란 남자, 쌓아온 사회적 위치가 공고해 잃을 게 너무 많은 남자로부터 눈깔이 확 뒤집히는 미친 사랑을 한번 받아보았으면….

17세 연하의 김민우 변호사가 상큼하고 매력적이지만, 여러 여자와 가볍게 놀아나는 꼴이 보기 싫다. 그건 사랑이 아니고 놀이일 뿐.

나이 가리지 않고 예쁘면 되는데, 돌싱, 돌돌싱, 돌돌돌싱이라도 법적 싱글이라야 논다는 민우의 원칙엔 대찬성이다.

그러나 내가 원하는 건 적당히 합법적으로 안전하게 노는 게 아니라 뜨거운 사랑, 집요한 사랑, 미친 것 같은 사랑의 불꽃이다.

나도 유부남과 엮이긴 싫다.

남의 불행 위에 내 행복을 건설하다니, 있을 수 없는 일이다.

수진의 사랑을 응원하면서도, 남편 현모의 불같은 사랑이 끝나기를 기다리는, 타오르는 불에 기름도 물도 소화기 분말도 들이붓지 않고 자연연소를 기다리는 정신과의사 희경이 대단하다고 생각되면서

한편, 더없이 가엾다.

수진과 현모의 달콤한 행복은 희경의 비참한 불행을 밟고 선 게 아닐까.

짓밟히며 견디다가 희경이 망가지는 건 아닐까.

정신과의사가 결국 정신과 환자가 된단 소릴 어디서 들은 거 같은데 진짜 그럴까.

스트레스로 인해 유방암 같은 거 걸리는 거 아닐까.

남편으로 인해 속이 썩어 문드러진 아내들이 유방암 걸리는 거 수도 없이 보아왔다.

불은 반드시 꺼진다.

수진과 현모의 불같은 사랑도 언젠가는 끝이 난다.

언제, 어떻게 끝날까.

사랑을 두 사람이 동시에 시작할 순 있어도 동시에 끝낼 순 없다.

여기에 이별의 비극이 있다.

누가 버리고 누가 버려질까.

누가 먼저 떠나고 누가 남을까.

사랑도 사람처럼 생노병사가 있어서 생겼다가(생), 싫증 나고(노), 미워하며 (병)사라진다(사).

生 老 病 死

成 住 壞 滅

생성되어 머물다가 파괴되어 사라진다.

살아있으면 반드시 겪어야 하는 사랑의 소멸.

밤새 타올랐다 하더라도 새벽이면 어김없이 소진되는 모닥불.

죽음으로만 영원화 되는 사랑은 아름답지만 비현실적이다. 그래서 오직 문학작품 속에만 존재한다.

여고 시절 동경하던, 폭풍의 언덕에 나오는 히스클리프의 뜨겁고 거친 사랑.

캐서린의 죽음으로 인해 그의 사랑은 영원해진다.

만일 캐서린이 에드가와 결혼하지 않고 히스클리프와 결혼했다면 그들의 사랑은 소멸하였을 것이다.

결혼은 사랑의 무덤이니까.

일단 그렇게 되면 '폭풍의 언덕'이란 소설 자체가 성립될 수 없겠지.

여고 시절, 히스클리프 같은 남자로부터 격정적인, 폭풍 같은 사랑에 휩싸여보고 싶었었다.

근데 이 남자.

늙어서 다시 보니 캐서린이 사랑을 버리고 다른 남자와 결혼한 게 분해 캐서린의 시누이 이자벨을 유혹해 결혼하고 이자벨에게 잔인하게 구는 악인.

자기 실연의 상처로 엉뚱한 사람을 희생시키며 복수를 하는 나쁜 놈.

전혀 매력적이지 않은, 그냥 독한 놈일 뿐이다.

암튼 캐서린의 죽음으로 히스클리프의 사랑은 영원화 되어 액자 속에 박제된다.

추운 바람 속에 떠도는 캐서린 귀신에게 제발 안으로 들어오라고 울부짖는 히스클리프는 독자들의 사랑을 받는다.

하여

내가 쓰고 있는 뜨거운 연애 소설에 죽음은 필수다.

자, 누구를 어떻게 죽일까.

아라

엄마 친구들이 엄청나게 설쳐서 온갖 귀족학교. 영어 유아원, 영어 유치원을 거쳐 경기초등학교, 외고, 서울대 식품공학과, 일본 게이오대 식품공학 석사 박사, 미국 컬럼비아대 MBA 마치고 귀국, 바로 조은식품 부회장으로 일하고 있다.

조은컵라면의 인기 CF모델이기도 하다. 신라면, 진라면 다 제치고 조은라면이 해외 수출 실적 1위가 된 건 내가 개발한 매운맛 닭고기 스프 덕분이다.

복싱, 수영, 사이클, 마라톤이 삶의 이유이고 기쁨이다.

트라이애슬론 국대로 뽑혀 내년에 시드니에서 열리는 세계 철인삼종경기에 출전한다.

철의 여인, 아이언 우먼!

나는 내가 참 사랑스럽고 자랑스럽다.

내가 지독히 사랑하는 남자는 강해인.

서울대 불문과를 나온 시인이며 희곡작가.

지금은 드라마작가로 데뷔하여 첫 연속극을 쓰고 있다.

해인 오빠는 자기가 웅덩이에 빠진 사고를 당한 듯, 한 여성과 사랑에 빠져있다고 고백한다.

웅덩이에 영원히 빠져있을 순 없을 테니 해인 오빠가 거기서 나오길 기다려보기로 한다.

너무 멀지는 않은 곳에서

아빠한테 맞고 사는 엄마를 그저 바보라고만 생각하다가 엄마를
사랑하는 엄마의 주치의 구 박사의 간절한 편지를 받고 엄마를 구해
주기로 결심했다.

구현모 박사의 간단한 편지글 줄과 줄 사이에 숨겨진 조심스러운
그러나 빛나는 사랑이 느껴진다.

남편에게 30년 넘어 처맞고 살아온 엄마의 어디가 그는 그토록 사
랑스러운 것일까.

나도 누군가의 뜨거운 사랑, 빛나는 사랑을 받고 싶다.

'보고 싶어 죽는 줄 알았다.'란 말을 듣고 싶다. 얼마나 숨 막힐까,
그런 말 들으면….

결혼은 하고 싶지 않다.

경제력 막강하고 자유로움을 추구하는 여자에게 결혼은 불필요 악
이다.

내게 필요한 남자는 내게 청혼하는 남자가 아니라 내게 뜨거운 사
랑을 고백하는 남자다.

그런 남자가 있으면 일도 운동도 더 잘, 더 신나게 할 수 있을 것
같다.

영조

엄마를 사랑했고. 아내를 사랑했고, 딸 아라를 사랑한다.

순천에서 인물 자랑하지 말고 벌교에서 힘 자랑 말라는 말이 있는데 내가 순천 産이고 자라긴 벌교에서 자랐다.

고등학교 중퇴다.

힘 자랑이 아니라 정의를 실현하려고, 한 약한 친구를 보호하려다 싸움판에 끼어들었고 모두를 시원하게 제패한 후 퇴학당했다.

아버지 어머니 나, 세 식구가 상경, 수원에 당면공장을 차린 아버지를 도와 혼신을 다해 일하며 지금의 조은식품으로 키우고 두루 발 넓은 처남의 소개로 제주 아라호텔과 아라CC를 인수했다.

아버지 어머니의 대반대를 무릅쓰고 아내를 대학원에 보내고 처남 셋과 처제의 학비, 유학비 다 대고 모조리 조은식품과 아라호텔 아라CC에 보직을 주어 취업까지 완수했다.

폭행치상 전과 2범, 고등학교 때까지 하면 3범이다.

그렇게 아내와 처가 뒷바라지를 아내가 원하는 대로 아니 그 이상도 다 해주었지만, 나에 대한 애정이라곤 처음부터 일도 없는 아내에 대한 울분이, 분노가 어쩔 수 없이 폭력으로 터질 때가 무수히 있었지만 32년을 참아온 아내가 마침내 이혼과 위자료, 재산분할 소송에 들어갈 줄이야.

유명 탤런트인 친구 집에 살면서 소위 명의인 자기 주치의와 간통까지 하는 아내.

　호텔 헬스에서 같이 운동하며 알게 된 윤여경이란 유명 드라마작
가는 아내가 긁는 카드의 사용 금액, 사용처가 즉각 내 폰에 찍히는
걸 보며 아내에 대한 존중이 없는 거라고 부부 사이엔 사랑보다 존중
이 중요한 것이라고 한다.
　누구든 자기를 존중하지 않는 사람과 같이 살면 안 된다고 망가지
지 않으려면 손절해야 한다고 말한다,
　그리고 아무리 아내와 아내의 친정에 많은 것을 베풀었어도 아내
를 한 대 때리는 순간 다 무효가 되는 것이라고 한다,
　처음 듣는 해괴한 소리다.
　그런데 윤 작가의 해괴한 주장이 아주 그럴듯하고 같이 얘기하는
것이 아주 재미있게 느껴지는 것은 웬일일까.
　내 눈앞에 새로운 세상이 열리는 것 같은 묘한 기분이다.
　성인 남자와 여자 사이에 결혼을 매개로 한 소유 피소유의 관계,
섹스를 매개로 한 치정 관계나 돈을 주고받는 관계 외에도 결혼, 섹
스와 아무 상관 없는 남녀 간의 우정 같은 것도 성립되는 것일까.
　둘 다 상대방에게 원하는 게 없는 남녀관계란 게 있을 수 있나.
　좀 당황스럽긴 하나, 같은 헬스클럽의 운동 메이트라는 핑계로 대
화를 계속해 보기로 한다.

민우

모든 아름다운 여자를 좋아한다.
櫻 梅 桃 李

벚꽃, 매화, 복숭아꽃, 오얏꽃이 각기 저마다의 자태와 향기를 지녔듯 모든 아름다운 여자의 매력도 가지가지다.

서울 법대 4학년에 사법시험 수석으로 합격하고 사법연수원 수석으로 마치면서 바로 김앤신 로펌의 변호사로 발탁되어, 로펌에서 보내주는 하버드대와 파리 대학에서 각각 법학 석사를 받고 기업 M&A, 재벌 이혼소송 등 승률 백 프로의 실적으로 파트너 변호사가 되었다.
　일생 한 여자에게 매이는 어이없는 구속받지 않고 아름다운 여자들과 두루 인생을 즐기기 위해 결혼은 하지 않는다.

　내가 사귀길 원하는 여자의 조건은
　나이 상관없고 예쁠 것,
　프로페셔날한 직업을 갖고 있을 것,
　본인도 규칙적인 운동을 하고 스포츠와 예술에 조예가 깊을 것,
　내 돈을 필요로 하지 않을 것,
　법적 싱글일 것.(미혼, 비혼, 돌싱, 돌돌싱, 돌돌돌싱 무관)

나와의 결혼, 임신 출산의 욕망이나 의사가 일도 없을 것.

별로 까다로운 조건이 아닌데, 참 해당되는 여자가 드물다.
그러나 열심히 찾고 있다.
내가 즐겁게 살고 남을 기쁘게 하면서 사는 게 내 인생 모토이고
그렇게 하기 위해 돈도 많이 버는 건데, 같이 즐길 여자를 찾기가 어
려운 게 문제다.

최근 한꺼번에 세 명을 찾았다.
이 조건에 딱 맞다. 근데 한꺼번에 찾았고 그 셋이 서로 알고 있다
는 게 즐기는 데 걸림돌이긴 하다.
연애는 어디까지나 일대일 관계이어야 하니까.
셋 다 친구로 원원하며 즐기기 위해선 셋 중 아무하고도 섹스를 안
해야 한다는 게 과제다.
일단 그래보기로 한다.
얼마나 버틸 수 있을까.
일단 버텨보기로 한다.
비혼의 자유를 누리는 대가라 생각하기로 한다.
이혼 사건을 다루다 보니 결혼제도의 여러 가지 모순점, 결점들이
적나라하게 드러난다.
결혼, 그거 차차 줄어들어서 결국은 소멸할 제도이다.
특히 자체 경제력 빵빵하고 자유로움을 추구하는 여성에게 결혼은
참 어이없는 불필요 악에 지나지 않는다.
결혼이 섹스허가증이었던 시대의 유물인 혼인빙자간음죄도 헌법

에 저촉되어 폐지된 지 오래다.

결혼과 섹스는 완전히 분리되었다.

정기적이고 안정된 섹스하기 위해 결혼한다는 건 백 년 전 애기다.

많은 섹스리스 부부들이 증명하듯 결혼은 오히려 섹스의 즐거움, 기쁨을 망가뜨린다.

의무 방어전도 힘들어진 남편에게 씻고 들이대는 와이프에게 자는 척, 아픈 척도 고역이다.

치매 걸려 '아까 한 척' 한다는 슬픈 농담도 있다.

내가 할 생각이 일도 없는 결혼이란 것과 상관없이 나를 열렬히 사랑하는 여자가 있으면 좋겠는 데 없다.

결혼에 대해 나와 같이 생각하고 있는 아름다운 여자와 밤새 애기 나누며 황홀한 섹스도 하고 싶다는 게 그다지도 무리한 욕심일까.

이 여자가 혹 임신으로 내 발목을 잡을 수도 있다는 생각은 섹스를 기피하게 만든다.

그래서 가임기간이 지난 여성, 50세 넘은 여성이 훨씬 매력적이다. 섹스 상대로는.

결혼과 섹스가 분리되듯 사랑과 섹스도 분리된다.

현모

엄마 아버지가 의사고 집안에 의사가 수두룩하다 보니 자연스럽게 의대에 갔다.

스승인 민기식 박사를 존경하여 척추신경외과를 선택했다.

부산에서 경남고등학교 마치고 서울의대 들어가 학교 근처에서 자취하고 있던 나를 민 교수님과 부인이신 김은영 해부학 교수님은 자주 집으로 오게 하고 저녁 푸짐하게 먹이고 김치 밑반찬 등 푸짐하게 싸서 밤에 집까지 데려다주었다.

민 교수님 외동딸이자 동급생인 희경과는 자연스럽게 동갑의 쌍둥이 남매처럼 친해졌다.

마침, 의대 동기 여학생들이 하나같이 탱크같이 우람하고 얼굴도 못생겨 주위에 희경이 같이 예쁜 여자도 없었다.

희경이 외의 여자와 데이트한 기억조차 없다.

19살에 만나 30살에 결혼한 희경과 나.

나중에 장인이신 민기식 박사 말로는 19살에 나를 보시고 30살에 나를 사위로 맞을 때까지 내가 혹시 딸 희경이 말고 딴 여자를 만나면 어떡하나,

내가 군의관으로 있을 때도 초조하여 안절부절못하셨다고 한다. 무려 11년 동안이나.

그만큼 날 사랑하시고 아들 삼고 싶으셨단 얘기인데 나도 엄격한

내 친부모보다 다정다감한 민 교수님 부부를 더 좋아하고 따르고 있었다.

우리는 전국의 의사 하객들로 미어터지는 신라호텔 영빈관에서 결혼식을 했고 양가 부모가 반씩 돈 내어 사주신 강남의 병원 근처 50평 아파트에 살며 부부가 나란히 한 병원에 출근하고 출신 의대에서 아내는 정신신경과 나는 척추신경과 교수직에 있다.

얼굴이 예쁜 아내, 잘생긴 나는 종종 티브이 의학 프로그램의 단골 상담 전문의로 연예인처럼 팬도 거느린다.

문제는 결혼 20년 되어 50세가 된 지금, 희경이 아닌 다른 여성과 급작스럽게 깊은 골짜기에 빠진 듯, 첫사랑인 듯, 사랑에 빠지게 되었다는 것이다.

내 환자인, 나보다 띠동갑 연상의 수진, 30년 동안 남편에게 처맞고 이제 고만 맞겠다고 이혼소송 중인 여자다.

의사가 병원복을 입은 환자에게 사랑을 느끼다니…. 상상하기 힘든 일이지만 사실로 일어난 일이다. 내게.

나는 사랑을 고백했고 우리는 연인이 되었다.

아무 잘못 없는 아내 희경에게는 치명적인 상처를 주는 결과가 되었지만, 어쩔 수가 없었다.

그녀가 내 병원에 입원해 있는 동안은 새벽 병원 출근길에 설레고 가슴 두근거렸다.

회진 돌 땐 내 가슴의 고동을 스스로 느꼈다.

그녀가 며칠 있다 퇴원하여 떠난 병원은 내겐 그냥 적막강산.

병원 출근길에 기운이 하나도 없다.

수진이 또 남편에게 처맞거나 사고가 나서 다시 입원하길 기다리는 것은 분명 아닌데 나 왜 이러는 걸까. 희경의 전공인 정신분석을 받아보고 싶은 심정이다.

수진의 이혼이 성립된다. 하더라도 수진과 결혼할 생각은 없기에 희경과 이혼할 의사는 없지만, 희경이 꼴 못 보겠다고 이혼을 요구하면 당연 합의 이혼할 생각이다.

위자료, 재산분할 등은 당연 희경이 원하는 대로 할 생각이다.

그런데 희경은 이혼도 나와 수진의 결별도 요구하지 않고 참담한 얼굴로 조용히 의사로서 자기 일을 할 뿐이다.

나의 고백으로 인해 아내와의 의무적인 괴로운 가짜 섹스를 하지 않는 걸 다행으로 생각하다니 난 정말 뻔뻔스러운 인간이다.

이럴 때 희경이가 자기 환자든 누구든 어떤 남자와 사랑에 빠졌다면 백 프로 천 프로 이해해 줄 텐데 희경이는 나 이외엔 어떤 남자에게도 관심이 없다.

19살 때부터 그랬다.

나도 그랬는데 사고처럼 이런 일이 벌어지고 말았다.

무라카미 하루키의 소설 '노르웨이의 숲'에서 읽었던 글이 떠오른다.

사랑은 시간을 잊게 하지만
시간은 사랑을 잊게 한다고.

시간이 지나면 불이 꺼지듯 사랑도 소멸한다는 것이다.
소멸할 줄 알기에 현재의 사랑이 더 소중하게 느껴진다.
희경에게 한없이 미안하지만, 어쩔 수가 없다.

본의 아니지만 타인의 불행을 딛고 그 위에 나의 행복을 건설한 나는 惡人이다.

악인은 반드시 응징을 받는다.

어떤 형태의 응징을 받게 될까. 응징의 형태와 정도는 어차피 나의 선택이 아니다.

수진을 사랑하지 않는 수진의 남편은 분노할 뿐 희경처럼 괴롭고 슬프고 아프고 불행하지는 않을 것이다.

사랑은 달콤하기만 한 것이 아니고 쓰디쓰고 아프고 고통스러움을 희경도 나도 느끼고 있다.

오십 평생, 누구를 이렇게 괴롭혀본 것도 처음이고 누구를 이렇게 사랑해 보는 것도 처음이다.

50세 생일날 아침, 수진에게서 브리오니 양복을 선물 받았다.

이 양복을 입고 있는 동안 내내 수진이 내 전신을 꼬옥 안아주는 느낌일 거다.

이 양복에 수진의 향수인 디오리시모를 몇 방울 떨어뜨린다면 수진이 항상 내 바로 옆에 있는 기분이 될까.

수진과 격렬한 키스를 나눈 내 차 안 조수석에 아내 희경을 태우고 생일 미역국 끓여놓으셨단 장모님 초대에 천연스럽게 처가로 향하는 나.

아름다운 박수진.

이렇게도 사랑스러운 여자를 만날 때까지 나는 결혼을 하지 않아야 했다.

그럼 내 사랑 때문에 아무도 피눈물을 흘리며 괴로워하지 않았을 텐데.

누구를, 더구나 나를 사랑하는 사람을 괴롭히고 있다는 건 참 괴로운 일이다.

못 할 짓인데 나는 하고 있다.

그러나

보고 싶어 죽을 것 같을 때 아름다운 수진을 만나고 수진을 껴안고 부드럽게 입맞추고 그녀의 몸속으로 들어가면 자궁 속처럼 편안하면서 표현할 길 없는 행복감에 도취한다.

수진이 쾌락에 떠는 그 행복한 얼굴에 난 황홀경 속에서 밤새 헤어나오질 못한다.

도대체 언제가 마지막일지 모르는 우리의 만남.

이게 마지막일 수도 있다는 절박감이 둘을 엄습하여 더 격렬하게 껴안고 더 뜨겁게 타오르는 것 같다.

언제 또 만날 수 있지, 만날 수 없게 되는 건 아닐까.

이 헤어짐이, 이 분리가 잠시일지, 이승에서 영원일지 모른다는 불안불안한 헤어짐.

법적 배우자가 있으면서 50세에 첫사랑 한다고 하는 미친 남자와 남편과 32세 딸이 있으면서 첫사랑을 한다는 62세의 미친 여자의 미친 사랑을 응원해 주는 이 세상의 단 한 사람.

수진의 절친 탤런트 이미숙.

수진에게는 있고 나에게는 없다.

그런 친구가 있는 수진이 부럽다.

수진도 미숙에게 그런 친구일 것이다.

나도 친구가 꽤 있는 편이지만 그 친구들 대부분 희경을 좋아하기

에 결코 내 사랑을 이해는커녕 용납하지 않을 것이다. 맹렬히 비난할
것이다. 너 이 새끼 미친 거 아냐?

희경

행복은 인간관계에 있다.

나

참 행복한 딸이었고 행복한 의사였고 행복한 아내였는데 갑자기 이 세상에서 가장 불행한 여자가 되어버렸다.

내가 이 세상에서 가장 사랑하는 남자이고 남편인 현모가 나 아닌 다른 여자와 사랑에 빠졌다.

하늘이 무너진다는 말이 이 말일까.

내가 가장 존경하는 남자인 친정아버지에게 호소하니 그럴 수도 있다며 자기도 그런 적 있다며 가만히 기다려보라고 한다.

내버려두면 얼마 안 간다고.

불이니까 언젠가는 자연연소 된다고.

난리 쳐서 불에 기름 붓고 장작 더하고 하면 더욱더 기세 좋게 타오른다고….

현모와 나는 19살에 의대 캠퍼스에서 만난 첫사랑인데

현모는 30년 지난 50살에 두 번째 사랑을 하나보다.

저 두 번째 사랑이 30년 간다면 우리는 80세가 된다.

그때까지 기다릴 수 있을까.

기다리다 나 망가지는 거 아닐까.

재밌게 읽은 윤여경 작가의 수필집, '행복한 여자는 글을 쓰지 않는다'에서 본 글이 떠오른다.

'흘러간 강물이 되돌아오지 않듯이 지나간 사랑은 절대 되돌아오지 않는다.
사랑은 뒤로 돌아가는 기능이 아예 없는 오직 앞으로만 가는 자동차다.'

되돌아오기를 기다리는 건 의미 없는 짓이다.
되돌아오지 않으니까.

오랫동안 사랑했던 애인, 마리 로랑생에게서 결별 선언을 듣고
이제는 더 이상 건널 필요가 없어진 미라보오 다리 한가운데서
세차게 흐르는 센강을 보며 시를 읊은 아뽈리네르도 그런 심정이었겠지.

미라보오 다리 아래 쎄느강은 흐르고
우리들의 사랑도 흘러가네.

소설 '위대한 게츠비'에서
가난한 청년 게츠비에게
"Rich girl never marries poor boy."라고 말하고 부자 톰과 결혼한 데이지를 세월이 흘러 부자가 된 게츠비가 데이지를 다시 찾겠다고 데이지 집 근처에 호화주택을 사고 매일 셀렙 파티를 연다.

데이지는 게츠비가 부자가 된것에 경탄하지만 게츠비에게 사랑을 다시 느끼지는 않는다.

부자가 되면 데이지가 자기에게 올 거라고 이를 악물고 부를 축적한 게츠비.

게츠비가 자기 때문에 수영장에서 억울하게 살해당했는데도 남편 톰과 휴가 여행을 떠나는 데이지.

한번 떠나간 사랑이 되돌아오는 법은 없다.

사랑이 변하지 않아야 한다고 주장하는 사람은 계절이 변하지 않아야 한다고 주장하는 사람이다.

자연의 이치를 거부하는 사람이다.

거부하는 그 사람만 불행할 뿐이다. 게츠비처럼.

봄, 여름, 가을, 겨울 지나 봄이 오지만 그 봄은 새로운 봄이지 지나간 그 봄은 아니다.

시간도 계절도 세월도 사랑도 그저 강물처럼 흘러간다.

다시는 되돌아오지 않는다.

사랑이 이미 흘러간 결혼 생활이 어떤 의미가 있을까.

아이라도 있다면 공동 양육이란 책임을 서로가 가지겠지만 아이도 없다.

현모는 이혼을 원하지 않지만 내가 이혼을 주장하면 이혼하겠다고 했다.

지금 현모가 수진을 못 만나 애를 태우는 건 오직 나와 결혼한 상태이기 때문이다.

수진은 이혼소송 상태에서 이미 남편과는 별거 중이고 이들의 사랑을 응원한다는 절친 탤런트의 집에 기거하고 있다.

수진의 변호사에게 수진의 폭행 피해 진단서와 의사의 소견서를 외국 학회에 간 남편 대신 내주어서 내가 아는바, 이혼소송에서 수진의 승소, 이혼 판결, 막대한 위자료와 재산분할은 확실하다.

내가 이혼을 주장하여 현모와 내가 이혼하면 현모는 일단 나로부터 자유로워질 것이다.

수진을 원대로 매일 마음껏 만나고 같이 살 수도 있겠지.

수진의 이혼 판결이 나는 대로 현모와 수진은 결혼할 수도 있다.

그건 그들의 선택이고 내가 간여할 일이 아니다.

암튼 현모는 무지 행복해 할 것이다.

성숙한 사랑은 상대방이 자유롭고 행복하게 만들어 주는 거다.

현모를 사랑하니까 그를 이제 놓아주어야겠다는 생각이 든다.

그가 자유롭고 행복하도록.

나와의 이혼을 원치 않는다는 말은 내게 너무 미안하니까 그리고 먼저 이혼하자고 하면 내가 너무 심한 상처를 받는 게 아닐까 하는 현모의 배려인 것이다.

현모가 나 아닌 다른 여자를 사랑하게 되면서 나는 이미 충분히 상처받았다.

현모와 나, 둘 다 공인이니 비밀리에 합의 이혼하고 같이 살고 있는 이 아파트는 양가 부모가 반씩 돈을 내어 사주신 것이니 팔아서 양분하는 게 맞다.

부동산에 집을 내놓았더니 바로 매입자가 생긴다.

공동명의이기에 현모에게 말하고 그의 인감도장과 주민등록증을 받아 매매 계약서를 작성한다.

그는 묵묵히 따르며 아무 말도 하지 않았지만 얼마나 행복할까.

이제 현모는 병원에서 퇴근 후 수진을 매일 저녁 매일 밤 만날 수 있다,

수진을 보고 싶어 하면서 나 때문에 마지못해 집으로 들어가지 않아도 된다.

매일 아침 식사를 수진과 같이 하고 현모는 병원에 출근하겠지.

회진 돌면서도 얼마나 행복할까. 퇴근하면 바로 또 수진을 만날 수 있으니.

누구의 눈치도 볼 필요 없이 두 사람이 자유롭게 살 거처를 미리 마련해 놓을 수도 있다.

우리 둘이 어디서 같이 살까 의논하면서 그들은 얼마나 행복할까.

딱 거기까지……. 더 이상은 생각하지 않기로 한다.

암튼

내가 사랑하는 사람이 불행한 거 원치 않는다.

부자유한 것도 원치 않는다.

행복과 자유는 같은 의미의 다른 단어일 뿐.

부자유는 불행이 확실하니 자유는 확실한 행복이다.

사랑이 인생에서 소중한 부분이지만 사랑이 인생의 다는 아니다.

나는 환자를 보는 의사고 학생을 가르치는 교수고 나를 지극히 사랑하는 부모의 딸이다.

30년 동안 현모가 옆에 있어 행복했고 이제 현모 없는 행복을 찾

아가야겠다.

현모가 예상치 못하게 사랑에 빠졌듯 나도 누군가와 사랑에 빠질 수도 있을 것이다.

'봄날은 간다.'란 영화에서 떠난 님이 오신다고 매일 연분홍 치맛자락 휘날리며 역에 나가 앉아 있는 치매 할머니.

내가 현모의 사랑이 돌아오기를 기다린다는 건 그런 치매 할머니의 기다림 같은 것이다.

평일에는 퇴근길에 호텔 헬스에서 운동을 한 시간 꼭 하고 샤워하고 가벼운 저녁 식사를 하고 집에 돌아와 자야겠다.

주말엔 등산, 골프, 여행, 음악회, 영화. 연극, 미술 전시회, 박물관 다니며 마음껏 즐기리라.

이제 현모보다 나, 희경이를 더 사랑하고 소중히 여기리라.

샌프란시스코

피셔맨스워프

파티오에 앉아 바다를 바라보며 샤워도우 빵과 클램차우더를 먹는다.

기라델리 초콜릿팩토리에서 초콜릿과 아이스크림을 먹는다.

피어39에서 바다사자가 소리 지르며 일광욕하는 모습을 보다가 생크림이 잔뜩 올려진 팬케이크와 커피를 마신다.

어디나 관광객으로 들끓는다.

중국 단체관광객들이 제일 시끄럽다. 중국어의 사성四聲 때문일까.

모두 여기저기 이렇게 저렇게 사진 찍느라고 난린데 우린 조용히 열심히 먹기만 한다.

사진은 한 컷도 찍지 않는다.

나는 사진 찍는 걸 원래 싫어해서이고

운오는 굳이 폰에 사진을 남기고 이승을 떠날 필요가 없어서일 것이다.

30년 전 운오가 놀이공원에서 날 보았을 때

정확히는 내가 카디건을 벗어 지 아들이 엉망으로 만들어놓은 내 바지 허리춤에 두르고 미소 지으며 돌아서서 시원시원한 걸음으로 멀어져갈 때 바람같이 운오를 스쳤던 느낌.

거대한 세쿼이아 나무숲에서 가지 사이로 하늘을 보며 시원한 바람을 느꼈던 기억을 되살리고 싶다면서 뮤어 우즈로 가자고 했다.

그는 열 번도 더 가보며 나를 생각했고 나는 혼자 한번 딱 가보며 누구도 생각하지 않고 거대한 나무 등을 쓰다듬어 보기만 했던….

뮤어 우즈로 가기 위해 건너는 골든게이트브리지.

금문교의 선명한 붉은 빛이 파란 하늘과 더 파란 바닷빛과 대비를 이룬다.

"뭐해?"

샌프란시스코보다 세 시간이 더 가 있는 뉴욕.

뉴욕 유엔본부에서 통역사로 일하는 딸 마리에게서 문자가 온다.

"골든게이트 브리지 건너고 있어. 뮤어 우즈 가려구."

"같이 가는 친구. 30년 전 엄마한테 꽃다발 여러 번 줬던 아저씨지. 얼굴이 기억나.

놀이터에서 보았어."

"으악!"

우버 택시 뒷자리.

내가 폰 접으며 웃자, 운오가 불만을 터뜨린다.

"아니 그 보작 놈은 지가 알아서 주욱 쓸 것이지 왜 작가 선생님께 시도 때도 없이 톡을 한대요. 지금 서울은 첫 새벽인데."

하하하…….

내가 '보작 놈'과 톡질 할 때마다 만면에 미소란다.

운오의 귀여운 투정에 보답하고 싶어 문득 그의 팔짱을 끼고 그의 어깨에 살짝 머리를 댄다.

어! 하며 행복한 표정을 감추지 못하는 운오.

내 밝은 귀에 그의 심장이 쿵쿵거리는 고동 소리가 들린다.

내 손이 끼여진 그의 팔 안쪽에 가만히 힘이 들어간다.

어서 와요. 두 분이 오기를 30년을 기다렸어요.

삼십 년이 아니라 수백 년을 버틴 거대한 레드우드 삼나무들이 우리를 반겼다.

우리는 나무가 뿜어주는 산소를 맘껏 즐기며 손을 잡고 숲길을 걷는다.

가끔 서로를 바라보며 웃는다.

웃고 웃기는 게 인생의 가장 큰 즐거움이라고 내가 가장 우울했던 시기에 알려준 남자 운오.

사슴 한 마리가 내려와 물 한 모금 마시고 우리를 본다.

심드렁하지도 않고 짜증 나지도 않는 표정으로 봐서 부부는 아닌 것 같고, 친구니? 연인이니?

옛 애인이야.

30년 전에 같이 오고 싶었는데 드디어 오늘 왔어.

아마 다시는 같이 오지 못할 것 같아.

하늘의 별이 몽땅 쏟아진 듯

검은 비로드 천에 보석을 뿌려놓은 듯….

우와아~ 감탄이 절로 나오는

언덕 위의 마크 홉킨스 호텔 꼭대기 라운지 바,

탑 오브 더 마크에서 본 샌프란시스코 야경.

40년 전, 스탠퍼드 대학원생이었던 운오는 여기서 피아노로 '샌프란시스코'를 연주하며 노래를 부르는 알바를 했고 피아노 위의 유리 컵엔 당시로선 큰 팁인 5불짜리가 빼곡 꽂히곤 했다.

그 낡은 스타인웨이 피아노가 그대로 있는 이 라운지 바에

이제 피아노 건반도 악보도 노래도 잊은 65세의 노인이 30년 전 헤어진 애인과 함께 돌아왔다.

30년 전엔 저 피아노로 '아이 오 유우'를 연주하며 노래할 계획을

세웠고 연습까지 했었는데. 이제는 용기가 나지 않는다. 뚱땅거리며 민폐를 끼칠 생각은 조금도 없고 여경도 동의한다. 이 피아노를 치는 25세의 운오 씨를 상상할 수 있는 것만으로도 즐거워요.

여경에겐 상상.

운오에겐 회상.

화려하게 별이 내린 창가에 앉아 이 라운지의 시그너쳐 칵테일이라는 '탑 오브 더 힐'을 주문해서 마신다.

어쩜 넘 신비한 맛! 한 잔씩 더 주문한다.

마주 앉아 서로의 잔만 살짝 위로 들어 올리고 두 잔 대신 두 눈빛이 부서질 정도로 세게 마주친다.

미소.

썩소 아닌 상큼한 미소.

두 사람의 혈관에 같은 액체가 흘러가며 말로 표현할 길 없는 미묘한 감정의 소통이 이루어진다.

한 잔 더?

아니.

버본 콕으로 마무리.

위스키를 품은 콜라가 두 사람을 각성시킨다.

나이가 들면 부부도 가족도 친구도 여행 시 같은 방을 쓰면 편하지가 않다.

즐거울려고 돈 쓰고 여행하는 건데 피곤하다.

여경과 운오 역시 각자의 룸으로

각자의 침대로….

섹스… 하나 마나… 되나 안되나… 걱정 없이 각자 곤히 잘 자고
글구
내일 아침 8시에 아침 뷔페에서 만나기.
굿 나잇.

내 방에 들어가 노트북을 여니 해인이 완성한 20회 대본이 와르르
쏟아진다.
숨이 멎은 상태로 꼿꼿하게 앉아 단숨에 읽어 내려간다.

억!
엔딩
원 씬 원 컷으로 처리했네.

바람이 분다.
살아보아야겠다.

유진은 일어난다.
나뭇가지들도 유진의 긴 머리도 바람에 세차게 날린다.

20회 끝

여경의 눈에서 굵은 눈물이 흘러내린다.

서울

도곡동, 리베르떼 근처 편의점 파티오.
리베르떼 셰프 경수의 점심시간인 오후 3시.
경수, 조은컵라면과 삼각김밥, 꼬마김치, 생수의 점심 식사 중.
해인, 컵짜장과 삼각김밥, 꼬마김치, 제로콜라의 점심 식사 중.

작가님이 컵라면 먹지 말래서 컵짜장 먹는 거야?
어.
작가님이 밤새우지 말래서 밤엔 푹 자구?
그치.
그런데도 20회 대본을 다 마치고 보냈다니 참 대단한 속도다. 감탄.
속도보단 내용인데, 내가 12시에 검토 마치고 보내드렸으니, 샌프란시스코는 저녁 8시
어제저녁 8시란 말이지 거긴.
어. 근데 3시간이 지나도 읽지 않으셨네. 지금 거기 밤 11시 지났는데….
아 그래서 계속 메일 수신확인에 눈깔 박고 있었군.
짜장면이 코로 들어간다. 폰 좀 내려놔
쫌!
아아아… 방금 읽음으로 나오네.
우와~ 대박! 자아 이제 좀 먹자, 우리.
읽고 한참 피드백 연구하실 테니. 초고라며.
으으음. 그래그래.

정신없이 식사하는 두 사람
파티오 탁자 위 조은컵라면 뚜껑에 활짝 웃는 아라의 얼굴.

앗, 뚜껑이 한 개네? 해인 오빠 왜 조은컵라면 안 먹어?

경수가 나무젓가락 끝으로 아라의 뺨을 쿡 찌른다.

해인이는 컵라면 끊었다. 아라야.
어떤 여자가 컵라면 먹지 말라고 했대.
피이~~

깨끗이 치워진 파티오 원탁 위.
경수, 양손에 들고 온 아메리카노 종이머그컵 두 개 내려놓는 순간.
한 손 흔들며 환호하는 해인.

으아아앙… 답 왔어. 답 왔어.
우와~~벌써 피드백 주신 거야? 좀 읽어봐라. 나도 좀 알자.

경수, 느긋하게 커피 한 모금 마시고 해인을 보는데
커피잔에 손도 안 대고 폰 보며 눈물을 흘리고 있는 해인.
야 너 지금 뭐 하는 거야.
해인, 흑흑 흐느끼기까지.
맛있게 마시던 커피 머그 그만 내려놓는 경수.

커피 맛 싹 가셨다.

뭐야. 니가 쓴 대본… 영~~안 좋다고 하신 거야?
그럼, 작가님께서 고치셔야지… 어떻게, 에이 보작도 영 못 해 먹을 짓이네.

해인, 경수에게 폰 건넨다.

숨도 안 쉬고 단숨에 읽었어.
이거 해인이가 쓴 거 맞아? 내가 쓴 거 아냐?
해인이가 내 속으로 들어왔다 나간 것처럼 내가 마지막 회에 쏟아놓고 싶었던걸
순서도 틀리지 않게 씬바이씬 그려놓았네.

엔딩 씬에서
폴 발레리의 시 '해변의 묘지'를 인용한 데서 나 울음이 터지고 말았어.

바람이 분다.
살아보아야겠다.

유진, 일어난다.
나뭇가지들도, 유진의 긴 머리도 바람에 세차게 날린다.

20회 끝

피드백 없어.

이거 내가 해인 속으로 들어가서 쓴 거니까.

19회 대본과 함께 바로 황 감독에게 보낼게.

자 이걸로 해인의 내 보조작가 일은 끝났네.

내가 한회당 얼마 받는지 궁금하다고 했는데 안 알려주었지.

지금 해인의 계좌에 입금된 금액이야.

이제 내 차로 사랑하는 여친과 여행도하고 마음껏 즐겨.

우린 이제 서로 볼 일 없네.

그동안 정말 수고 많았어.

고마워.

안녕.

경수, 폰을 해인에게 주고 커피 마신다.

이별의 눈물이었군.

축하한다. 작가님이 널 작가로 인정하신 거야. 자기 한 회분 고료
를 너에게 주신 건.

그럴까.

당연하지. 1억 정도 될 걸?

글쎄.

경수가 건네는 손수건으로 눈물 콧물 닦고 경수 주는 해인.

그냥 머엉하네.

사랑하는 여친 있어?

어.

정말?

어

한숨 쉬는 경수.

부럽다.

미소하며 커피 마시는 해인.

커피 맛있다.

다 식었어.

그래두 맛있어.

리필?

어.

빈 컵 두 개들고 다시 편의점으로 들어가는 경수.

해인, 폰 다시 들여다보며 미소 짓는다.

참 성질도 급한 윤여경 선생님.

눈 감는 해인.

해인 앞에 놓이는 커피컵.

리베르떼 저녁 장사만 아니면 둘이 축하와인 한 병 까는 건데.

그러게. 축하해줘서 고마워, 경수야.

선생님하고 너의 아버지 마크 홉킨스 호텔에 룸 두 개에 따로 주무신대.

경수, 크하하하 웃는다. 그걸 니가 물어본 거야? 룸 하나 같이 쓰시나, 각자 룸 쓰시나?

미쳤냐 그런 걸 물어보게? 먼저 얘기하셨어.

아침 8시에 아침 뷔페에서 만난다고… 선생님은 그 전에 한 시간 헬스에서 운동하시고.

묻지도 않는데 선생님이 너에게 그 말을 하신 건 니가 두 사람이 섹스하지 않는다고 믿기를 바라신 거지.

왜?

니가 20회 잘 쓰는데 방해가 될 것 같다고 우려하신 거 아닐까.

그걸 어떻게 아셨지?

늙으면 영물 된다잖아.

무슨 소리야. 선생님 전혀 늙지 않았어. 우리보다 젊어.

검색해 보니 60세던데? 환갑 할망구야.

그런 말 하지 마. 아름다운 여자야.

됐고….

글구 룸을 따로 쓰는 거랑 섹스하고 안하고는 아무 상관이 없는 거야.

그렇겠지. 근데 정말 시한부라면 섹스가 가능할까.

시한부 아니라도 남자들 65세 정도되면 거의 섹스 불능 돼.

진짜진짜?

웨케 반가워해?

반갑기는….

해인의 어두운 얼굴 가만히 들여다보는 경수.

너 작가 선생님 좋아하는구나.

아니.

아니긴. 그런 거 같은데. 오늘 보니까.

좋아하는 게 아니구….

아니구?

사랑해.

해인, 다시 울고

경수, 주머니에서 손수건 꺼내 던져주며 아아 씨이….

그럼 선생님이 여기서 말한 니가 사랑하는 여친은 또 누구야.

누구겠냐.

그게 자긴 줄 모르고 하는 말이라구?

해인, 경수 손수건으로 눈물 콧물 닦고 이제 자기 주머니에 넣는다.

다시 커피 마시는 해인.

야, 느네 엄마랑 우리 엄마가 62세야.

그게 무슨 상관이야.

아 하긴 그러네.

근데 문제가 생겼어. 너의 선생님 신상에….

해인, 바짝 긴장.

우리 엄마가 두 사람 샌프란시스코 여행을 알아버렸어.

어떻게….

저 새털같이 가벼운 아라 때문이지.

아라가 말했다는 거야?

아라, 느네 엄마, 우리 엄마 셋이 같은 체육관 다니잖아.

락카룸에서 아라가 느네 엄마한테 공항 라운지 동영상 보여주며 윤여경 작가인지 확인하다가 울 엄마한테 들켜버린 거야. 이제 윤여경 선생은 사망각이다.

사망각?

목요일 둘이 귀국할 때 울엄마가 입국장에서 윤여경 선생을 공개처형하겠다고 별르고 있어.

어떻게?

그간 갈고 닦은 권투 실력을 발휘할 모양이야.

막아야 해.

방법이 없어.

내가 방법을 찾을 거야.

미녀 삼총사

오늘이 수요일.

내일 영애의 남편이 샌프란시스코에서 오니 수진은 내일 아침엔 미숙의 집으로 거처를 옮긴다.

100평 아파트에서 40평 아파트로.

오늘 저녁 영애의 집에서 작별파티를 한다.

우와…. 손 하나 까딱 않고 이렇게 배달앱만으로 한식 중식 일식 이태리식의 진수성찬이 차려질 줄이야.

미녀 삼총사 아무도 그로서리 쇼핑도 쿠킹도 상차림도 설거지도 하지 않고 그냥 와인과 함께 음식을 즐기기만 하면 된다.

모듬 치즈 프레이트까지 날아와 있다.

영애와 미숙에겐 일상인 모양인데 수진에겐 너무나도 진기하고 신기하고 재미있다.

거들어주는 도우미 아줌마가 있긴 하지만 시부모와 동거부터 해서 30년을 하루 세 끼 식사 준비를 해 온 수진에게는 너무나도 재미있는 잔칫상 풍경이다.

배추김치, 나박김치, 갓김치까지 각각 전국 최고 장인의 손맛 김치들이 날아와 있다.

잘난 전라도 김치 가르쳐준다고 갈치속젓. 꽃게액젓 양념이 어쩌구저쩌구 김장 때마다 몸빼 입고 악악대던 시어머니 멍게 얼굴이 떠오른다.

수진,

와인 맘껏 마시고 수다 떨며 계속 왼쪽 손목의 반 클리프 앤 아펠 팔찌를 만져본다.

눈 감고 손 내밀어보세요.

하얀 까운 입은 현모에게서 그런 말이 나올 줄이야.

손바닥 내밀고 무엇이 놓일까 했는데 팔목에 금속 감각이 그의 섬세한 손가락의 감각과 함께 느껴졌을 때의 짜릿함.

눈 떠서 이 팔찌를 보았을 때의 황홀감.

생일 축하드립니다.

그가 환자 차트에서 알아낸 내 생일.

나조차 잊고 있었던 내 생일을 위해 그가 강남의 반 클리프 앤 아펠 숍을 찾아갔다니.

　이런 일이 나에게 일어나다니.

　팔찌의 현존은 이게 꿈에 일어난 일이 절대 아니라는 증거다.

　팔찌를 만져본다. 가만히 쓰다듬어 본다.

　그가 내 팔목에 채워 준 이후 한 번도 풀지 않았다.

　풀면 바로 연기처럼 사라질 것만 같아서다.

　미숙이가 팔찌 넘 예쁘다며 자기 한번 차보자고 했을 때 싫다고 했다.

　체코 프라하는 7시간 느리니까 지금 오후 2시.

　학회에서 무슨 발표를 한다고 했지.

　무대에서 차트를 짚어가며 영어로 하겠지.

　흰 가운이 아닌 정장 차림으로

　수트핏 죽이겠지. 그 얼굴에 그 몸매에

　투명인간이 되어 당장 날아가서 보고 싶다.

　미녀 삼총사가 와인 세 병을 다 비운다.

　영애가 와인셀러에서 스페인 와인을 가져와 세 잔에 넘치도록 따른다.

　수진 입에서 절로 나오는 소리.

　나 프라하로 날아가고 싶어.

영애와 미숙이 동시에 외친다.
프라하?

앗차 싶은 수진.
샌프란시스코도 가보고 싶다.

영애의 썩소 받아치듯 수진이 말한다.

프라하의 캐롤대교.
샌프란시스코의 골든게이트브리지.
너희 둘 다 다 가봤겠지?
둘 다 대답 없다.
62세가 되도록 해외여행이라곤 제주도 밖에 못 가본 불쌍한 친구
수진이.
남편 조가와 딸 아라는 한 달이 멀다고 출장 가는 가까운 일본조차
가본 적 없는 불쌍하고 이상한 친구.

수진아.
너 이혼 판결 나고 재산분할 받고 위자료 받으면 맨 처음 할 일이
해외여행이야.
프라하든 샌프란시스코든 동경이든 제일 가고 싶었던 도시에 퍼스
트 클래스로 날라가 봐.
그럴 거야. 그래야지. 프라하부터 갈래. 여권 만들어 놓아야지.
내가 뭘 어디서 얼마를 쓰든 남편이 알 수 없는 내 카드랑.

영애와 미숙, 여권에서 미소하다가 카드에서 기막히단 표정이
된다.
수진의 폰이 울리면 얼른 집어드는 수진, 일어나 화장실로 빛의 속
도로 달려간다.

누구 전화길래 저러지? 조가나 아라면 저럴 리가 없는데?
영애의 의문에 미숙은 짐짓 심드렁하다.
글쎄에~~

수진 바로 옆에 앉았던 미숙은 수진 폰에 떠오른 글자를 보았다.
현모.
수진을 위해 반 클리프 앤 아펠 팔찌를 산 남자의 이름.

아아 사랑하고 있구나.
아마도 수진이는 첫사랑을 하고 있는지도 몰라.
수진이가 이제야 행복하구나.
넘 좋다.
제발 좀…. 이젠 좀
행복해라 수진아.
미숙이 얼굴에 가만히 미소가 피어오른다.

학회 일정은 내일 오전에 끝나고 주말은 관광인데 생략하고 금요
일에 돌아가려구요.

88

네에~~

너무 보고 싶어서요.

어머.

금요일 4시에 셀렙카페에서 만나요.

알았어요.

영애가 수진의 와인잔을 가득 채워주며 말한다.

수진이 너…. 연애하는 거 같다?

수진, 대답 없다.

와인잔 잡은 수진의 손이 심하게 떨린다.

이혼 판결 떨어질 때까지 무지 조심해야 해.

조가 쪽 변호사가 노련한 능구렁이야. 재산분할과 위자료 최저로 해서 성과금 받으려고 완전 혈안이야.

김 변 외에 누굴 만나도 남자면 뭔가 흠잡을 걸 캐내려 할 거야.

알았어. 조심할게. 고마워, 영애야.

아아 내일 난 부인이 있는 남자와 버젓이 해외여행을 다녀오는 어떤 드런 년을 공항에서 중인환시리에 아작을 낼려구.

미숙이 화들짝 놀란다. 그러다 폭행죄로 들어가 너.

알아. 그래봐야 벌금형이고 빵엔 안 가.

전치 3주 중상 만들면 실형 살아.

3주까지는 안 갈 거야.

그게 맘대로 될까. 단련한 복서의 스트레이트 한 방에 사망도 가능해.

할 수 없지. 그게 운명이면.

영애 넌 한다면 하지. 근데 꼭 그래야 해?

어, 그래야 해.

범죄인 가해자에게 피해자가 하는게 복수고 하늘이나 신이나 법 같은 제삼자가 벌하는 게 응징이야.

복수하지 않고 응징되길 기다렸어.

복수는 불법이니까.

근데

대죄를 지은 년이 하늘의 응징을 받기는커녕 유명 작가로 출세했으니 피해자인 내가 이제라도 복수를 할 수밖에 없는 것이야.

수진이 초긴장한다.

영애야. 아내가 있는 남자를 사랑하면 대죄가 되는 거니?

당연하지. 타인의 불행 위에 자기 행복을 건설하는 건 대죄악이야.

미숙의 항변

정신 육체 공히 남녀의 사랑이란 건 신뢰 관계가 아닌 감정의 문제인데 사랑이 변한걸 어떻게 죄악이라 할 수 있겠어. 간통죄 형사처벌도 그래서 폐지되고 혼인빙자 간음죄도 그래서 폐지된 거잖아.

수진, 긍정의 끄덕임.

그런데 영애가 지지 않고 쏘아붙인다.

야아, 미숙아 개소리 마!

합법이면 되는 거야? 불법행위만 아니면 도덕 윤리 다 무시해도 되는 거야?

아무 죄 없는 사람 상처 주고 짓밟고 망가뜨려도 정신적으로 살인을 저질러도 법망을 피해 갈 수 있으면 되는 거야?

영애야, 그렇게 왜곡 과장해서 진실을 호도하지 마.

호도? 문자 쓰지 마. 내 말이 진실이야.

남자든 여자든 좋아

A라는 사람의 사랑이 B에게서 C에게로 가면

결국 C가 B를 상처 주고 짓밟고 망가뜨리고 정신적으로 살인을 저지른 게 된다는 거잖아.

조르쥬 상드가 시인 뮛세를 사랑했다가 쇼팽을 사랑했으면 쇼팽이 뮛세를 상처 주고 망가뜨리고 정신적으로 살인을 한 게 되는 거야?

말도 안 되는 거지.

왜 말이 안 돼.

그럼 영애 너를 윤여경이가 상처 주고 짓밟고 망가뜨리고 정신적으로 살해했니?

그랬어.

윤여경이 그런 게 아니고 남편이 그런 거라 니가 남편의 뺨을 후려쳤고 남편은 가만히 맞고 있은 거지.

도리어 넌 30년 전 남편의 사랑이 윤여경에게 갔기 때문에 집안 살림과 두 아들 육아에만 전념하던 전업주부 생활을 때려치우고 호성 미술관 관장이 되어 본격적인 사회생활에 뛰어든 거잖아.

그 일이 아니었음 넌 아직도 전업주부로 있을 거야.

형, 그래서 윤여경에게 내가 감사해야 한다는 거야?

그건 아니지만 적어도 복수나 응징을 해서는 안 된다는 거야.

결국 영원한 사랑만이 진실한 사랑이라는 실제로는 있지도 않는, 있을 수도 없는 엉터리 가설을 진실이라고 믿고 있는 무지가 빚어내는 비극이야.

사랑이 떠난 것에 그렇게 격노하고 엉뚱한 사람에게 복수를 하겠다는 건.

크하하하

영애가 크게 공허하게 웃는다.

암튼 윤여경이는 나한테 한번은 뒤지게 맞아야 해.

누구를 미워하며 공격하는 건 본인이 불행하다는 증거야.

나 불행하고 고통스러워. 윤여경 넌 땜에.

진실에 대한 무지가 즉 진리를 모르는 게 모든 고통이 원인이야.

Truth sets you free.

진실을 알면 쓸데없는 고통으로부터 해방돼.

당당한 영애의 말을 듣고 죄의식에 무척이나 고통스러웠던 수진.

그렇구나. 진실을 알면 쓸데없는 고통으로부터 해방되는구나.

수진은 미숙이 속삭이며 알려준 사랑의 진실에, 인생의 진리에 돌연 해방감을 느꼈다.

깜깜한 굴속에서 두려움에 떠는 수진의 손에 미숙이 타오르는 환한 햇불을 쥐여 준 것처럼.

고마워 미숙아.

이제 난 두렵지 않아.

내 첫사랑의 감정에서 죄의식의 그림자를 걷어버릴 거야.

단지 내가 보고 싶어서 프라하에서 예정일보다 일찍 날라오겠다며 약속 시간과 장소까지 말하는 현모의 너무나도 스위트한 음성이 새삼 귓가에 맴돈다.

꿈이 아니고 현실이다. 전화가 왔고 화장실로 달려가 받았다.

내가, 네에? 하자

'당장 목소리 듣고 싶어서요. 너무 보고 싶어요.'라고 현모가 분명히 말했다.

내 귀가 의심되고 가슴이 와들와들 떨려서 뭐라고 했는지 기억이 안 난다.

'저두요.'라고 말하고 싶은 걸 참은 기억밖에.

모레, 금요일 오후 4시 셀럽 카페.

난 그가 알려준 아포가토 커피를 마실 거다.

커피에 녹은 차가운 크림이 내 가슴속에 타오르는 불길을 진정시킬 것이다.

금요일 밤.

그는 자기 집에 돌아가지 않을 것이고

나는 어차피 돌아갈 내 집이 없다.

무슨 노래였더라?

이른 아침에 잠에서 깨어 너의 얼굴을 볼 수 있다면….

이라고 시작되는….

감히 꿈도 꾸지 못했던 그런 그림이 토요일 아침에 정말로 현실이 될 수도….

상상만으로도 행복해서 가슴이 뻐근하다.

와인 4병과 모든 안주를 싹쓸이한 미녀 삼총사.

셋다 앉았던 자리에 그대로 누워 뻗었다.

든든 튼튼한 영애 집 백 평 거실.

이화여중 입학식 하던 12살 봄날부터 50년 세월 동안 우정을 다지며 서로 돕고 서로 격려하고 응원해 온 세 여자.

미녀 삼총사는 매우 안전하고 편안하고 행복한 상태에서 각기 꿈나라로 노 저어 가고 있다.

'오페라의 유령'에 나오는 신비한 지하수 뱃길 같은 꿈의 통로를 지나가고 있다.

인천공항 제2터미널 1층 입국장

아래위 까만 추리닝에 캡 눌러쓰고 검은 선글라스에 까만 마스크의 영애가 E 입국장 대기석에 나타났다.

도착 항공기 알리는 전광보드에 샌프란시스코발 대한항공 '착륙'이 '도착'으로 전환되고 영애는 입국장 문에 더 가까이 다가서며 열 손가락에 쇠너클 낀 자기 양손 주먹 쥐어본다. 딴 사람의 시선 느끼며 얼른 팔짱 낀다.

유리문으로 입국장으로 다가오는 여경이 보이고 저 뒤로 운오의 모습이 보인다.

아하, 따로 오신다아!

입국장 문 양옆으로 열리며 뻔뻔한 드런 년이 환한 웃음을 짓는 순간, 콩 튀듯 튀어 나가는 영애.

그런데 그 순간 빵모자와 썬글라스를 쓴 날라리 연예인 타입의 청년이 미친 속도로 달려와 여경을 부둥켜안고 천년 만에 만난 애인인 양 키스하고 난리가 났다.

이 미친 커플을 모두가 구경하는데 두 사람 꼭 끌어안은 채 사라지고 이들이 사라지는 걸 눈으로 따라가던 영애와 운오의 시선 만난다.

왜 나왔어. 나 차 공항에 주차시켜 놓았는데.

카트 끌고 영애를 스쳐 가는 운오.
쌩~~하니 찬 바람이 분다.
지하 장기주차장
차 안으로 들어가는 운오.
운전대 잡고 어디로 가야할 지 모르는 표정.

누굴까 그 청년. 보작넘인가? 보작이랑 그렇게 부둥켜안고 키스를?
쓸쓸하게 고개 흔드는 운오.
젊은 애인이 있었군. 어쩐지….
내가 버킷리스트라니까 들어준 거뿐이었군.

역시… 그랬군.
아아아….
운오는 탄식하며 운전대에 엎드려버린다.

주차된 차에 들어가는 영애.

마스크와 캡 벗어 조수석에 던지고 열 손가락에 낀 쇠너클도 벗어 던진다.

미친년! 젊은 놈하구 양다리 걸치고 있었네.

두 사람의 격렬한 포옹을 놀라서 보던 운오의 똥 씹은 표정을 생각하니 약간 고소하기도 하다.

셀럽 카페

현모가 프라하에서 귀국 비행기 일시를 변경한 직후에 아내 희경에게서 전화가 왔다.

토요일 프라하 관광코스에 합류하고 싶어 금요일 병원 하루 오프하고 금요일 오후에 프라하에 도착해서 일요일에 같이 귀국하도록 항공편 티켓팅 마쳤다고….

나는 일이 좀 있어 금요일 귀국하는데 금토 2박을 지금 내가 묵고 있는 호텔 방을 와이프가 쓰도록 해놓겠다고 말했다.

희경은 같이 주말에 프라하를 즐기고 싶었겠지만, 혼자라도 프라하에 공짜 2박을 하는 걸로 만족했다.

그만큼 프라하에 가서 몰다우강을 보고 싶었나 보다.

스메타나의 교향시 나의 조국 제2번 '몰다우강'에 꽂혀있으니 프라하의 캐롤대교를 건너며 그 몰다우강을 바라보며 그 음률을 떠올리고 싶은 거다.

나는 이번 학회 참석으로 프라하를 두 번째 간 것인데 이번엔 밤에 카롤대교를 걸으면서도 스메타나의 음악이 아니라 수진의 모습만 자꾸 떠올려져서 당황스러웠다.

사랑이란 게 이렇게 정신없이 몰입하는 것인가.

내 일생에 이런 적은 없었다.

희경을 사랑했지만, 그 사랑은 늘 편안하고 즐거웠다.

보고 싶어 했던 기억이 없는 건 19살 대학 일 학년 때부터 거의 매일 보았기 때문일 거다.

도대체 누구를 딱히 보고 싶어한 기억이 없다.

수진이 샤워하고 머리 손질 정성스럽게 하고 자기 경대를 엉망으로 만들며 풀 메이컵을 하는 동안 미숙은 누구 만나러 가는 거냐고 묻지 않는다.

알기 때문이다.

디오리시모 향수를 내밀며 써보라고 한다.

미숙에게서 느꼈던 은은하게 황홀한 향이 디오리시모였구나.

샤넬 5 향수를 쓰고 있었는데 멍게가 음식 만지는 사람은 절대 향수를 쓰면 안 된다고 외치며 안방 화장대에 놓인 향수병을 집어내 쓰레기통에 던진 후 다시는 향수를 쓰지 않았다.

너무너무 보고 싶은 사람 현모.

수진 역시 일생 누구를 딱히 보고 싶어했던 기억이 없다.

누구를 보기조차 싫어했던 기억은 너무 많지만….

내 이상형의 남자와 정확히 정반대인 구석구석 못생긴 남자의 폭행과 감금과 강간으로 시작된 구애.

부모와 나와 남동생 셋, 여동생 하나의 일곱 식구가 전세들어 살던 2층 단독주택을 그 못생긴 남자가 느닷없이 내 아버지 명의로 매입하면서 시작된 끈질긴 구혼.

결혼식 전날 밤.

수진은 한잠도 못자고 영화 '졸업'의 마지막 장면을 생각했다.

결혼식 도중 사랑하는 남자가 쳐들어와 웨딩드레스 차림으로 남자와 줄행랑을 치는 신부.

Runaway Bride.

그러나 수진에겐 그렇게 결혼식장에 쳐들어올 남자가 없었다.

윤 형주가 감미로운 목소리로 불렀던 노래 '웨딩케이크'

'이 밤이 지나가면 나는 가네. 원치 않는 사람에게로.
눈물을 흘리면서 나는 가네. 그대 아닌 사람에게로.
이 밤이 지나가면 나는 가네. 사랑치 않는 사람에게로.
마지막 단 한 번만 그대 모습 보게 하여주오. 사랑아.'

이 노래가사를 떠올리며 수진은 눈물을 흘렸다.

신랑 조영조가 원치 않는 사람인 거 맞고 사랑치 않는 사람인 건 맞지만 수진에게는 원한 사람도 없고 사랑한 사람도 없고 마지막으로 단 한 번만 보고 싶은 그대도 없었다.

전국의 조폭 깍두기들이 도열한 까만 양복이 인산인해를 이루었던 하얏트 호텔의 결혼식.

조은이 수원의 작은 당면공장에서 전국구 식품 대기업으로 성장하는 데 조폭들의 기여가 컸던 모양이다. 일본 야쿠자들도 한 무더기 온 듯.

등록금을 제때 내본 적이 없는 가난에 찌든 우리집을 잘 아는 영애와 미숙은 수진이 너 어차피 사랑한 남자도 없잖아하고 위로하면서 고운 한복으로 차려입고 내 폐백 절을 양쪽에서 붙잡아주었다.

그런데 처음으로 누구를 보고 싶어 하게 될 줄은….

얼굴도 몸도 꿈에나 그리던 가장 이상적인 남자를 이제야 만나 게 되다니.

지금 그 남자를 만나러 가기 위해 화장을 하고 향수를 뿌린다.

오직 수진이 보고 싶어서 프라하에서 학회 발표만 끝내고 바로 날아온 남자.

수진의 진짜 첫사랑 닥터 구의 얼굴을 한번 보고 싶은 미숙.

수진을 셀럽 카페까지 차로 실어다 주고 먼발치에서 현모를 한번 보고 살짝 꺼지기로 약속한다.

셀럽카페 안

앉아서 기다리다 수진이 다가가자 일어나는 현모.

귀족적인 흰 얼굴에 키도 꽤 크고 자세가 반듯한 다비드상이다.

그랬구나. 저런 남자가 수진의 이상형이었지. 근데 정반대로 생긴 놈과 무려 32년을 처맞고 살았구나. 흑흑.

수진이가 처맞고 입원해 있을 때 주치의였던 닥터 구의 까운 입은 모습을 잠깐 보긴 했었다.

근데 지금 정장 차림의 현모를 보니 수트핏이 장난이 아니네.

현모가 수진의 두 손을 모아 잡으며 뭐라고 간절하게 말한다.

물론 들리지 않는다.

수진이 등 뒤로 내게 이제 그만 보고 꺼지라는 손 시늉을 한다.

피이~~

간다. 가.

근데 참 부럽부럽.

나도 저런 뜨거운 사랑해 보고 싶다.

미숙이 돌아서는데 여기 시그너쳐인 아인슈페인 생각이 난다.

주문대 쪽으로 가려는데 상큼 날렵하게 잘생긴 40대 초반 남자가 다가와 정중하게 인사한다.

누구지?

자기 엄마가 내 찐팬이란다.

엄마 소리에 맥이 쫙 빠진다.

그래, 애 엄마가 내 또랠 테지.

미소로 답해주고 아인슈페인 주문하는데 이놈, 재빨리 지 카드 지르며 아인슈페인 둘 외친다.

아이슈페인 값으로 셀카 찍어주고 아이슈페인 두 잔 올린 트레이 든 애와 이층으로 올라간다.

아아…. It's a small world!

명함을 주는데 애가 바로 로펌 김앤신의 김민우였다. 수진이 변호사 김 변이 애였네.

얼굴과 수트빨이 현모 못지않다. 현모보다 휠~젊고….

아 근데 요새 4.50대 전문직 중에 웨케 잘생긴 애들이 많을까.

공부 잘하고 좋은 집에서 잘 자란 아들들이다.

강남 팔 학군에 살고 외고 나오고 서울대 법대 의대 간 애들.

아빠 돈. 엄마 정보. 자식 성적. 이 삼박자 갖춘 애들.

끼리끼리 결혼해서 대개는 부모가 사 준 강남의 아파트에 살고 외제 차 몰고 호텔 헬스에서 아침마다 운동하며 초콜릿 복근과 날렵한 수트핏을 유지한다.

기사가 모는 민우의 차가 호성미술관 관장님이 소개해 주셨다는 프렌치 오마카세 리베르떼 앞에 선다.

세상 쫍네. 이거 뭐 거기가 거기네. 영애 아들이 셰프인 식당에 오다니.

민우가 기사에게 미숙의 자동차 키를 주며 셀럽카페 주차장의 미숙의 차를 빼서 미숙의 아파트 주차장에 대놓고 오라고 지시하고 미숙에게서 폰으로 받은 미숙의 집 주소를 기사의 폰으로 보낸다.

간단히 내 전화번호와 집 주소가 민우에게 털렸네.

썩소 날리며 민우의 차에서 내리는 미숙.

해산물 오마카세와 써로인 스테이크에 와인 페어링을 우리 엄마를 위해 셀카 찍어주신 답례로 대접하고 싶어서요.

애야, 엄마 얘긴 고만 좀 하렴.

나란히 2층 부띠크 계단을 오르며 살짝 귀에 대고 속삭이는 민우.

디오리시모를 쓰시는군요.

하하… 잘 아네. 김 변은… 겐죠 같은데?

블루드샤넬입니다.

으음.

아포가토로 뜨거운 가슴을 천천히 식히는 현모와 수진.

보고 싶어 죽는 줄 알았어요.

현모의 말에

아이스크림을 뜨던 수진의 스푼이 파르르 떨린다.

현모가 일생에 처음 해 본 말이고 수진이 일생에 처음 듣는 말
이다.

수진이 '저두요'

란 삼키고 겨우 한 말은

'정말요?'

현모의 직답 '네'

이어서

두 사람의 눈부신 눈맞춤 뒤의 침묵.

왜 이렇게 예쁘신 거예요. 나 어떡하라고요.

이 남자 미친 거 아니야? 60이 넘은 여자한테 이런 말을?

라고 생각하며 수진이 웃는데

혹시 내가 미친 거 아닌가 하는 생각이 들었어요.

그럼 안되죠.

미친 거 아닌가 그런 생각 하면 안 된다구요?

미치면 안 된다구요.

둘 다 웃는다.

이미 미친 남자와 미친 여자가,

현모가 운전하는 차 안.

스메타나의 몰다우강이 흐른다.

현모, 지금 카롤대교를 혼자 걸으며 몰다우강을 보고 있을 희경이 생각보다 더 강렬하게 수진과 나란히 밤 풍경이 눈부신 아름다운 카롤대교를 걷고 싶은 충동을 느끼는데

스메타나의 몰다우강이네요.

대학 다닐 때 비 오는 날이면 이대 정문 앞 파리다방에서 이 음악 청해서 들었어요.

클래식 음악감상실 같은 다방이었나 봐요.

현모는 대학 2학년 때 이대 메이데이 축제 파트너로 이대 캠퍼스를 간 적이 있었다.

그 이튿날로 희경이 알고 데굴데굴 구르며 울고 난리를 치는 바람에 그 예쁜 여학생과의 다음 약속에 바람을 놓고 말았다.

You belong to me.

You belong to me.

더 폴리스의 노래가사처럼….

왜 희경은 사랑을 소유로 생각할까.

사랑도 결혼도 소유라고 생각하면서 서로를 구속한다면 결국 둘 다 불행해지는 거 아닐까.

행복의 조건이 자유니까 부자유는 불행이다.

리베르떼 부띠크 이층 계단을 오르는 현모와 수진.

까다로운 와이프가 칭찬하는 프렌치 레스토랑인데 전 처음이에요.

하하 저 여기 알아요. 절친 아들이 셰프예요.

아 그래요?

매니저가 둘을 홀의 구석 자리로 모시고 수진을 본 경수가 셰프복장 차림으로 나와 수진에게 인사한다.

오늘은 엄마의 두 절친, 해인 엄마와 아라 엄마가 각각 젊고 잘생긴 애인을 달고 오셨네.

두 분 다 너무너무 행복한 표정.

늘 살벌한 표정의 내 엄마도 아무 애정없는 아버지 좀 놔주고 홀가분한 싱글로 저렇게 젊은 애인 달고 행복한 얼굴하면 얼마나 좋을까.

결혼은 참 끔찍한 불필요 악이라고 내 엄마 아빠의 결혼이 끊임없이 나를 가르친다.

아라도 해인도 결혼에 대해 똑같이 말한 바 있다.

해인 부모는 이혼했고 아라 부모는 이혼 진행 중이고 내 부모만 요지부동 끔찍한 결혼에 서로를 묶고 있다.

왜지? 내 엄마 이영애 여사의 오만과 편견, 결혼과 이혼에 대한 편견 때문이다.

이혼을 애걸하다 지친 아버지는 결국 우울증 환자가 되었다.

이혼에 성공하여 자유로운 돌싱이 된 아버지가 같은 돌싱인 윤여경 작가와 행복한 데이트를 하면 좋겠다.

아버지 주치의인 민희경 박사가 말했다.

연애가 우울증의 특효약이긴 한데….

문제는 누가 우울증 걸린 사람에게 사랑을 느끼겠냐고….

우울증 걸리면 외모부터 망가진다고한다. 운동 안 해서 근육이 다 빠지거나 초비만으로 뒤뚱거리게 되는데.

경수는 언제부턴가 운동을 때려치운 아버지가 살이 찌고 배가 나오기 시작한 게 마음에 아프게 걸린다.

리베르떼 부띡크 화장실

수진이 오줌 누고 변기에서 일어서려는 찰나 앗.

좌아악 쏟아지는 설사.

아포가토와 와인 때문이야.

그래도 속은 시원하네.

배를 살살 문지르며 나오는데 앗

화장실 거울 앞에서 미숙이 립스틱을 바르고 있다.

거울 속에서 눈이 마주친 두 사람, 서로 돌아본다.

영애랑 온 거야?

아니 민우랑.

민우?

김 변. 니 변호사. 김민우.

에엥?

셀렙에서 날 보고 지 엄마가 내 팬이라며 작업 걸더라.

어머… 하하하

수진, 웃다가 미숙이 손에 든 립스틱 빼앗아 자기 입술에 바른다.

와인 작작 마셔. 설사하더라.

으으으… 소리가 여기까지 들렸다구?

바스버블이 가득한 긴 타원형의 욕조 끝에 앉은 현모.

현모의 황홀한 시선 받으며 반대쪽에 발끝부터 서서히 내려앉는 수진의 아름다운 나신.

선녀 하강입니다.

하하하…

정말 하늘나라 선녀가 내려와 앉은 거 같아요.

전 그 선녀가 다시는 하늘나라로 못 올라가게 날개옷을 감춘 나무꾼이구요.

버블 가득한 욕조 바닥에서 두 사람의 발과 다리 매끄럽게 포개진다.

눈부신 눈맞춤.

꿈꾸고 있는 거 같아요.

저두요. 너무…. 비현실적이에요. 그죠?

네. 깨면 프라하 호텔 룸의 침대 위일 거 같아요.

전 미숙이 집 아들 방 침대 위,

아들이 나가서 사나 봐요.

네.

전 어떤 영화 장면이 떠오르는데…. 헝가리 부다페스트….

네. 글루미선데이…. 자보와 일로나의 욕조 씬요.

욕조 가운데 이렇게 나무판을 걸쳐놓고 둘이 와인 마시죠.

맞아요. 화이트 와인.

룸 냉장고에 화이트 와인 미니 보틀 있던데 가져올게요.

현모가 반쯤 일어나자 두 손 뻗어 현모의 허리를 감는 수진.

됐어요. 저 와인 이제 더 못 마셔요.

현모의 허리를 잡은 수진의 손이 그대로 미끄러져 이미 딱딱해진 현모의 성기를 스치자 현모, 수진을 와락 끌어당겨 안고 격렬하게 키스한다.

수진을 안아 하얀 침대 시트 위에 눕히고

현모의 뜨거운 혀가 수진의 턱, 목, 가슴, 배를 거쳐 숲으로 들어와 입구에서부터 부드럽게 원을 그리며 움직이며 서서히 파고 들어올 때 수진은 그만 참았던 탄성을 지르고 말았다.

일생 처음 경험하는 그곳에 혀의 애무였다.

이윽고

현모의 크고 딱딱한 성기가 깊숙이 들어와 처음에는 리드미컬하게 이어 점점 격렬하게 빠르게 움직이자, 수진의 신음이 커지고, 이어 둘 다 똑같이 절정에 이르러 같이 탄성을 질렀다.

아아….

둘의 교합이 이렇게도 절묘하게 맞을 수가 있을까.

둘은 똑같이 이렇게 느끼며 길고 황홀한 절정을 동시에 끝내고 나서도 한참 서로 몸을 떼지 못했다.

사랑하는 사람과의 섹스가 이런 거네요.

이 말을 차마 하지는 못하는 수진.
대신 수진의 눈에 눈물이 맺힌다.
현모가 손으로 수진의 눈가를 쓰다듬더니 수진이 눈물을 흘리자, 입술로 닦아준다.
너무 좋았어요.
정말요?
네.
저도 여러번 상상했지만, 정말 이렇게까지 좋을 줄은 몰랐습니다.
현모의 고백이 수진을 다시 황홀경으로 밀어 넣는다.
현모는 벗은 그대로 시트 속으로 들어가 베개를 베고 역시 벗은 채로 시트 안으로 들어온 수진을 다시 끌어안는다.
현모의 딴딴한 이두박근의 팔베개를 베고 현모의 젖꼭지를 만지작거리며 수진은 눈을 감는다.
눈까풀이 행복에 파르르 떨리는데 현모가 부드럽게 수진의 뺨을 어루만진다.
문득
끝나면 엎드려서 담배를 피던 남편을 잠시 떠올린다.
넘넘 싫었다.
끝나면 발딱 일어나 씻고 와서 나보고도 얼른 씻고 잠옷 입으라던

희경을 잠시 떠올렸다.

디게 귀찮았다. 왜 그래야 하지.

창피하게 너무 소리를 질러서 목이 마르네요.

수진의 말에 수진의 뺨을 한번 쓰다듬고는 발딱 일어나 냉장고로 성큼성큼 걸어가는 현모.

끝나고 여자에게 '물 떠와' 하는 놈도 있다.

현모의 뒷모습이 어둠 속에서도 눈이 부시다.

아아, 아라가 언젠가 말한 애플 힙이 바로 저거로구나.

탱탱한 사과 두 개 밑으로 곧게 쭉 뻗은 다리.

난생처음 사랑하는 사람이 내준 탄탄한 팔베개에서 곤히 자고 눈을 뜬 새벽.

수진은 일어나 앉아 그의 잠든 얼굴을 본다.

이른 아아침에

잠에서 깨어 너의 얼굴을 볼 수 있다면…

이란

노래가사 그대로…

수진은 현모의 눈 감은 얼굴을 본다.

수려한 이목구비.

아프로디테의 애인인 미소년 아도니스의 얼굴이다.

수진은 아도니스의 뺨을 살짝 쓰다듬다가 시트 속으로 손을 뻗어 간밤에 자기를 그렇게도 황홀경에 빠지게 하고 이제는 얌전해진 그의 성기를 손에 쥐고 쓰다듬다가 시트 속으로 들어가 혀로 애무하기 시작한다.

두 손바닥으로 현모의 사과 두 개를 받치면서….

귀여운 꽈리고추가 갑자기 사나운 가지가 되어 수진의 입 안에 가득찬다.

현모가 상체를 일으켜 수진을 끌어안고 또다시 수진 속으로 자신을 깊숙이 밀어넣으며 격렬한 피스톤 운동을 시작한다.

둘은 듀엣으로 탄성을 지르며 한없는 열락 속으로 빠져든다.

지난밤보다 더욱 강렬한 움직임, 날카로운 떨림,

이번엔 아도니스가 아프로디테를 자기 배 위에 올리고….

아프로디테의 빠른 상하운동이 절정에 이르자 아도니스는 탄성을 지르며 정액을 아프로디테의 몸속 깊이 분수처럼 뿜어 올린다.

불꽃놀이에서 맨 마지막 폭죽이 제일 화려하게 터지듯.

몸이 최대로 밀착된 상태에서 뒹굴며 격렬한 새벽 섹스를 즐긴 두 사람.

힘들게 포획한 사냥물을 맘껏 포식한 후 벌렁 누운 암수 한 쌍의 사자처럼 이제 편안해져서 나른한 휴식 속으로 들어간다.

해가 떠오르고 있지만 아침 회진하러 현모가 7시에 병원에 도착하지 않아도 되는 토요일이다.

공식적으로 프라하 출장 중이라 응급환자 콜도 없다.

바구니에 세로로 꽂힌 키 작고 갸름한 바게트가 유난히 맛있는 하얏트 호텔의 아침 뷔페.

'당신과 함께 매일 아침 식사를 하고 싶습니다.'가 청혼 멘트인 적도 있었다,

백 년 전쯤일까. 아니 오십 년?

도대체 아침 식사를 이렇게 맛있게 해 본 적이 있었던가.

현모와 수진 둘다 똑같이 이렇게 생각하며 손으로 뜯은 바게트에 버터를 바른다.

커피를 마시며 다시 눈부신 눈맞춤.

너무 좋아서 살짝 두려운…. 이런 느낌을 표현하는 딱 맞는 단어를 생각해 보다 포기한다. 없다.

'나의 아도니스는 먹는 모습도 어쩜 이렇게 멋있을 수가 있을까'라고 수진은 생각하는데

현모가 결정적인 멘트를 날린다.

더 예뻐지신 거 같아요.

수진이 환하게 웃는다.

현모 씨 때문이잖아요.

이 말을 수진은 뜨거운 커피와 함께 꿀꺽 삼킨다.

나란히 남산 둘레길, 산책하는 현모와 수진.

추리닝 차림의 해인이 둘의 옆을 지나 달려간다.

수산시장에서 아침 식사를 하고 나온 경수.

아이스박스 두 개를 차 뒷좌석에 놓고 운전석에 앉아 아버지에게 전화를 걸어본다.

아버지가 좋아하시는 통영 굴을 보고 문득 아버지 점심 초대를 생

각한 것.

닥터 민 얘길 해야겠다. 놀라시겠지.

가족이 없다고 하셨다면서요? 라는 말은 하지 말아야지.

근데 전화 안 받는다.

아직 주무시는 걸까.

출근 안 하는 토요일이니.

참 언제부터 내가 아버지 걱정을 했더라.

관심도 없었다. 물론 잘난 엄마에겐 더더욱 관심 무.

내 식당 일, 식재료의 가격과 품질, 프랑스 실버웨어등 식기류, 메뉴 구성, 와인과 리델 와인잔, 단골손님들의 취향. 셰프로서의 실력향상, 창작요리연구, 사랑하는 친구 아라와 해인의 일, 보조 셰프 교육, 매니저와 종업원들의 친절 교육. 대출금 이자와 원금분할 상환, 운동, 건강과 몸매 유지.

이런 것들로만 머리에 꽉 차 있다.

민희경 박사가 말한 '이 환자, 보호자도 가족도 없다고 했어요.'란 말이 자꾸 마음에 걸린다.

나 역시 가족이 없는 사람처럼 생각하고 행동하고 있다.

아버지가 중병을 감추고 시한부일 수도 있다. '운동 때려치운 거부터 수상하다.'는 내 말에 엄마는 헝 하며 냉랭한 코웃음을 날렸다.

경수 니가 하두 징징거려 내가 아버지 없는 동안 서재 들어가 옷장, 책상 서랍 다 뒤져봤는데 니 아버지 특이 사항 없어. 시신 기증서야 예전부터 신념이었구.

운동두 영 안 하는 건 아닌 거 같던데?

책상 맨 밑 서랍에 줄넘기가 있는 거 보면.

줄넘기? 줄넘기 줄 말이야?

야아! 어차피 인생은 다 시한부야

60세 넘으면 더 그렇지. 65세인 니 아버지나 62세인 나나 다 시한부는 마찬가지야. 너도 시한부야.

돈 안 되는 일이면 어떤 심각한 것도 다 뭉개버리는데 특별한 재주가 있는 울 엄마, 이영애 여사.

어제 두바이행 비행기 거의 출발시간에 엄마가 전화해서 아버지 일인가 했더니….

리베르떼 특실에 걸어놓은 소피 오의 그림, 만일 닥터 민이 구매의사 밝히면 20프로 디스카운트하라고 내가 지시하더라고 말하라고 지시하고 전화를 딱 끊는다. 뱅기 이륙한다며.

어제 금요일, 엄마는 미술관 일로 두바이로 출국했다.

어제 아버지가 회사에 나오신 건 비서에게 확인했다.

회의 중이십니다.

회사 일 마지막 점검 차일까? 부회장에게 인수인계?

주방에서 보조 셰프와 매니저와 직원들과 오늘 런치와 디너 내용에 관해 간단하게 회의를 마치고 아버지 집으로 간다.

아버지 서재에 앉아 닥터 민 얘기도 하고 윤여경 작가 얘기도 하고 점심도 같이해야겠다.

아버지랑 식사를 같이 한 게 언제였는지 기억도 없다.

내가 파리 꼬르똥블루 다니고 있을 때 아버지가 런던세계정원박람회에서 파리로 와서 내가 감히 꿈도 못 꾸던 맥심 레스토랑에서 풀코스 디너를 사주셨었지.

아버진 내 식당에 오신 적도 없다.

개업 날 오셨지만, 식사는 하지 않으셨다.

아버지 집까지 운전해 가는 내내 엄마가 말한 아버지 책상 서랍의 줄넘기가 자꾸 마음에 걸린다.

줄넘기는 하는 모양이더라?

엄마 말대로 그 줄넘기가 줄넘기 운동용 줄넘기일까?

아니면….

언젠가 티브이 동영상에서 보았던 고 박원순 서울시장이 등산복 차림으로 집 동네 어귀를 걸어가는 모습이 떠오른다.

그분은 본인의 가죽 혁대를 풀어 나무에 목을 맨 모습으로 경찰에 발견되었다.

토요일 아침, 아버지가 서재 침대에서 늦잠 자는 모습을 발견하기를 바라면서 대문 비번을 천천히 누른다.

현관에 신이 하나도 없다.

아버지가 어제 퇴근한 흔적이 아버지의 이태리 구두가 놓여 있어야 했다.

텅 빈 운동장같이 휑한 거실을 지나 이층계단을 올라 아버지 서재 문 손잡이를 잡고 숨이 멎는 경수.

영화에서 많이 본 장면.

공중에 뜬 발부터 잡고 카메라 틸업하면 줄넘기 줄에 목이 걸려 축 늘어진 아버지의 시체.

심호흡하고 서재 문을 힘차게 연다.

텅 빈 서재

반가운 건 아버지 침대에 자고 일어난 흔적이 있다는 것.

별로 깔끔하지 못한 아버지의 침대 시트 정리. 베개 위 몇 올의 아버지 머리카락.

베개 밑에 아버지의 핸드폰.

전화건 사람. 경수 경수 경수 경수….

그러니 아버지가 7시 전에 이 방을 떠났단 얘기다. 핸드폰을 깜빡 잊고.

경수는 긴장하며 책상 맨 아래 서랍을 연다.

줄넘기 줄이 없다.

다른 서랍도 다 열어본다.

줄넘기 줄 없다.

온몸의 피가 전부 발아래로 쏟아져 내린 듯한 아득함.

경수는 침대에 털퍼덕 앉는데 울리는 아버지 폰.

앗

윤여경

황급히 폰 여는 경수

저 정운오 씨 아들 경수입니다.

여경의 집

폰 들고 경악하는 표정으로 책상 의자에서 벌떡 일어나는 여경.

어머! 왜 경수가 아버지 폰을 받지? 헉! 아버지한테 무슨 일 있는 거지? 말해봐 지금 거기 어디야. 뭐, 서재?

해인의 집

컴에 원고 보내기 누르고 아아 한숨 쉬고 우와~~~ 두 손 들고 혼자 환호하는 해인.
선생님 저 해냈어요.
폰 들고 여경이 알려준 제작사 윤종희 이사 번호 누른다.
강해인입니다. 방금 20부작 시놉시스와 대본 네 개 보냈습니다.
폰 든 해인의 얼굴 해처럼 환해진다.
아, 그래요? 하하 알겠습니다. 감사합니다.
책상 의자에서 일어나 왔다 갔다 하며 여경에게 계속 전화 거는데 계속 통화 중 신호.
아아 선생님. 뭔 전환지 대충 하시고 빨리 끊으세요. 디게 기뻐해 주실 소식 있단 말이에용~~.

여경의 집

으음 알고 있어. 근데 축하하긴 아직 일러. 계약금 입금이 되어야 확정된 거니까.
MBS 20부 드라마 작년부터 여러 제작사에서 노리고 작품 줄대구 있거든.
윤 이사가 해인이 동아신춘문에 희곡당선작을 봤다며 극찬을 하더라구. 문리대 불문과 대선배야.
저기요오~~ 입금되면 바로 연락해 주세요. 강해인 작가님. 나랑 보작 계약합시다. 하하!

정말요? 안 믿어져요.

내 말이 안 믿어지면 안 돼지이. 하하그 애기도 입금 후.

근데 곧 경수한테 연락이 올 거야. 해인이가 좀 도와줘.

경수와 해인, 일단 경찰서로 들어가 산속에서 극단적 선택을 한 사건이 신고된 게 있나 확인하고 둘이 산으로 올라가 서로 나누어서 찾아보고 만나고를 거듭한다.

주말에 골프 약속 없을 때는 꼭 이 산을 오르셨어. 등산 그만둔지도 한참 되신 모양인데.

어젯밤에 아버지가 윤여경 선생한테 어디 머얼리 떠나는 사람처럼 그러면 안녕히 계시라고, 그 젊은 애인이랑 행복하시기 바란다고, 그렇지만 결혼은 하지 마시라고 문자를 했다네.

윤여경 선생님과의 여행에서 뭔가… 이렇게 친구로 지내며 살아갈 희망을 품었다가 공항씬 보고 대실망해서 예정대로 떠날 결심을 하신 거 같아.

예정대로? 그럼, 네 아빠의 시한부란 말씀이 자살 예정이었단 말이네.

맞아. 닥터 민 도움으로 아버지 의료기록 다 뒤져도 우울증 외의 중병은 없어.

아까 전화로 윤여경 선생님도 같은 애기 하셨어.

자살 예정, 변경, 젊은 애인보고서 원위치.

암튼 빨리 찾자. 주말이라 산에 사람이 많아서 어두워질 때까지 기다리실 수도 있어.

맞아. 지금 그게 나의 유일한 희망이야.

내가 공항을 나가지 않아야 했던 걸까.

그럼, 지금 윤여경 선생님은 전치 3주 중상입고 입원해 계실 거고 울 엄만 폭행치상으로 구속됐겠지.

맞어. 너의 엄마 그 날 열 손가락에 쇠녀를 끼고 입국장에 대기하고 있었어.

아버지가 결행하기 전에 알려야 한다.

윤여경 선생한테 젊은 애인 같은 건 없다.

엄마의 무자비한 폭력으로부터 윤여경 선생님을 보호하기 위해 보작이 한 생쇼였다.

'그러니 아버지가 떠나셔야 할 이유가 없다.'라고….

엄마가 이혼은 절대 안 해주니까 그냥 윤여경 선생님과 친구로 지내면서 즐겁게 사시기를 나도 윤여경 선생님도 그 날 공항에서 애인 연기한 윤여경 선생님 보작도 간절히 원하고 있다.

이렇게 설득하려고 해.

나 이제 윤여경 선생님 보작 아니구 드라마 메인 작가 됐어.

알아. 얘기했잖아.

그리구 나 윤여경 선생님 애인 맞아. 나 윤여경 선생님 사랑해.

알아. 근데 지금 그거보다 우리 아버지 생명이 더 중요하잖아. 아니야?

맞아.

어두워지니 사람들 산에서 슬슬 빠지기 시작한다. 빨리 너의 아버지 찾아보자.

해인이와 헤어져 어두운 산 속을 뒤지던 경수, 바위에 주저앉아 아

버지이… 하고 우는데

경수야아~~하고 외치는 해인의 소리에 벌떡 일어나 뛰어간다.

운동기구가 몇 개 놓인 평평한 곳에서 줄넘기하다가 줄넘기 줄 던지고 벤치에 길게 누워버리는 운오.

달려오는 경수와 해인.

경수가 아버지~~하고 외치자 놀라 일어나 앉는 운오.

해인은 난 가볼께 하고 달아난다.

산을 뛰어 내려가면서 여경에게 전화하는 해인.

찾았어요. 줄넘기하고 계셨어요.

어머머머… 다행이다. 해인이 우리 집에 와. 나랑 저녁 먹게.

해인, 입이 찢어진다. 정말요 선생님?

정말이지. 빨리 와.

해인, 폰 접고 빛의 속도로 산을 달려 내려간다.

꿈일까.

선생님이 날 집으로 저녁 초대를 하시다니.

선생님 집에서 생수와 커피 외에는 먹어본 적이 없는데… 저녁 식사라니.

나 잘못 들은 거 아니지?

귓속에서 선생님이 그 예쁜 목소리로 다시 말한다.

정말이지. 빨리 와.

택시 뒷좌석에 앉아 숨 고르며 정신 차려보는 해인.

벤치에 나란히 앉은 경수와 운오.

이미숙 씨 아들이구나. 어렸을 때봐서 몰라봤네. 쟤가 윤여경 선생 보작이란 말이지.

하하하 운오가 유쾌하게 웃는다.

니 엄마가 완전 조폭 차림으로 공항에 나와 서 있는 게 이상하다 했지.

결국 니가 연출을 잘해서 윤여경 선생을 살렸구나. 하하…

암튼 아버지… 윤여경 선생한테 젊은 애인 같은 거는 없는 거예요.

알았쓰. 근데 참 기분 좋네.

윤여경 선생이 내 걱정을 그렇게 했다니.

아버지가 그렇게 걱정하시게 만든 거잖아요. 시한부니 뭐니 하면서,

정말정말 유쾌하고 따뜻한 사람이야… 여경 씨.

무지무지 예쁘고, 30년 전이랑 똑같애. 얼굴도 목소리도 쾌활한 동작도….

경수, 피식 웃는다.

아빠도 운동 다시 시작해서 옛날 몸매 찾으세요. 초콜릿 복근도요.

나 초콜릿 복근인 거 어찌 알았어.

세 아들에게 운동 권하면서 여러 번 보여주셨잖아요.

이제 변해버린 아버지 얼굴과 몸매에 윤여경 선생님이 실망하셨겠어요.

몸매 보여줄 일 없었다.

옷 입어도 보여요. 당장 아빠 그 멋진 수트핏이 사라졌잖아요. 브리오니 양복 입음 뭐해요?

윤여경 선생은 아무 말 없던데? 디게 스트레이트하게 지적하는 사

람이거든.

살날이 얼마 안 남은 사람한테 그런걸 무얼 지적질씩이나 하고 싶
겠어요.

하긴….

하하하… 父子의 실로 오랜만의 듀엣 너털웃음.

운오의 옛날 단골 순대국밥집.

아버지 오늘 첫 식사죠.

그러네.

순대국밥이 더 맛있어졌어.

하하…!

사장님 지인짜 오랜만에 오셨다며 주인장이 수육을 사아비스라며
내놓는다.

수육 때문이라며 진로소주 빨강 뚜껑 한 병 시킨 경수,

정운오의 생환 축하 소주 파티가 무르익어간다.

여경의 집

몽테 알파, 칠레산 레드 와인이네.

두 잔 가득 와인을 따르며 환하게 웃는 여경.

저녁 초대라고 와인을 사 들고 오는 해인이 센스가 좋아.

처음이에요. 선생님 댁 저녁 초대도 와인도요.

와인잔 들고 눈맞춤하는 두 사람.

해인이 드라마작가 된 축하는 입금 후에 하고 오늘은 정운오 씨 생
환 축하로 하자.

좋아요. 선생님.

오늘 해인이 정말 수고 많았어. 힘들었지?

절친 베프인 경수 부탁이고 사랑하는 선생님 부탁인걸요.

고마워.

선생님이 만드신 이 볶음밥 넘 맛있어요.

하하 고마워. 저녁 초대 음식으론 너무 간단하지?

볶음밥 이렇게 맛있게 만드는 거 간단하지 않아요, 선생님.

하하 해인이가 점심 굶어서 그래.

김치도 맛있어요.

이마트에서 산 조선호텔 썬 배추김치라는 거야.

아 그래요? 비비고 샀는데 나도 이제 이거 사야지.

엄마가 김치랑 밑반찬이랑 냉장고에 넣어주시지 않아?

엄만 내가 어디 사는지도 모르구요. 엄마도 김치 사드세요.

일하시는구나. 무슨 일 하셔?

저도 선생님만큼 호구조사 싫어해요.

하하하 미안.

가끔 엄마가 얼마나 예쁘시기에 이런 아들을 낳으셨나 상상해 보곤해. 해인이 보면서.

하하하 선생님보단 안 예뻐요.

하하하 고마워.

근데 해인이가 사랑에 빠졌단 여잔 어떤 여자야. 이건 호구조사 아닌 그냥 질문.

지금 선생님한텐 얘기 못 해요.

내가 아는 여자군.

내 마음을 아직 몰라요. 저 이 드라마 끝내고 떳떳이 고백하려구요.

청혼하려고 하는구나. 서른다섯이면 결혼할 나이 넘었지.

결혼할 나이, 그런 건 없어요.

글구 전 누구하고도 결혼할 생각은 없어요.

나하고 똑같네. 해인이가 겪어보지 않고도 결혼이 불필요악이란걸 아는 게 신기하네.

일차 경험으로만 현실을 아는건 짐승이에요.

하하하 작간 거 같네.

누구요.

그 여자.

네.

선생님. 저도 질문.

뭔데.

정운오 씨 사랑하세요?

무지 사랑했어. 30년 전에. 첫사랑이었어. 남편 있고 5살된 딸이 있는 여자가 할 말은 아니지만

진짜 첫사랑이었어.

지금도 사랑하시는 건가요.

에고오… 나 지금 사랑하는 사람 없어. 정운오구 누구구.

30년 가는 사랑이 어딨냐. 내 책에도 썼지만, 남녀 간의 사랑은 아주 길어야 1년이야.

선생님 책에서 제일 안 믿어지는 안 믿고싶은 문장이에요.

하하하 지금 사랑에 빠졌다니 알게 되겠네. 일 년 안에.

사랑하지도 않으면서 왜 그렇게 정운오 씨 걱정을 하신 거예요?

하하하 사랑하지 않는 옆 동네 아저씨라도 어리석은 자살 같은 건

막아야 하는 거 아니야?

선생님은 사랑을 믿지 않으시네요.

믿지 않고 말고. 사랑은 그냥 감정의 소용돌이일 뿐이야. 믿을 게 못돼.

그러니까 우리 드라마 주인공도 사랑 때문에 죽는 걸 거부하고 바람 속에서 일어서잖아.

괴테가 쓴 젊은 베르테르의 슬픔 읽고 수많은 젊은이가 실연 때문에 자살했는데

괴테 저는 83세까지 살았어.

그러네요. 으하하하.

여경이 해인이 나이에 좋아했다는 더폴리스의 에브리브레스 유 테이크를 들으며 여경과 해인은 볶음밥과 김치 한 사발과 와인 한 병을 비운다.

師弟이며, 남녀, 이제는 드라마작가 선후배.

선생님은 언제를 사랑의 시작일로 보세요?

하하하 길어야 일 년이라면서 사랑의 한시적 속성을 강조하니 시작일이 궁금한 거야?

네.

아침에 눈 뜨자마자 바로 그 사람 생각하게 되는 날부터지.

그리구 하루 종일 생각하죠. 깊이 잠들 때까지요.

그치. 때론 꿈속에서도….

네에.

하하 알면서 확인?

네.

해인의 가슴이 마구마구 뛰는 건 와인 때문만은 아니다.

선생님 향수 뭐 쓰세요.

샤넬 나인틴. 왜?

선물하려구요. 스승의 날에요.

현모의 진료실

여기 앉으세요.

수진은 현모의 진료책상의자에 앉는다.

수진 등 뒤의 옷걸이에서 까운 집어서 걸치는 현모.

제가 프라하로 가기 전날 수술한 여섯 살 남자아이인데 맘에 좀 걸리는 게 있어서요.

잠깐 보고 올께요. 오래 걸리지 않아요.

오래 걸려도 되요.

의자 손잡이 쓰다듬는 수진.

현모 씨 진료실, 이 의자에 종일 앉아 있어도 좋을 것 같아요.

현모, 수진의 어깨 한번 만지고 문 쪽으로 가다가 다시 책상으로 와 서랍에서 화이트초콜릿 꺼낸다.

애기 줄라구요?

아직 못 먹어요. 이거 드시면서 나 기다리세요.

하하하….

화이트초콜릿을 좋아하는구나. 나랑 같네.

화이트초콜릿 한입 베어 물다 수진은 책상 위 사진액자 속 의사 가운 입은 노부부의 모습을 본다.

액자를 들고 자세히 보니 어머니 까운 주머니 위엔 산부인과 아버지 주머니 위엔 소아과라고 쓰여있다. 아아 탄자니아에서 의료봉사하고 계신단 현모 씨 어머니 아버지시구나.

현모가 아이에게 정성을 다해 치료해 주는 모습이 보고 싶다.

페인티드 베일이라는 영화에서 남편에게 아무런 애정도 못 느끼던 아내가 중국 오지의 콜레라가 만연한 마을 수녀원에서 세균학자인 남편이 아이들을 매일 보살펴주는 것을 보고 어느새 남편을 사랑하게 되는 장면을 문득 떠올린다.

천박한 남자와 간통한 아내를 경멸하는 남편.

저런 여자에게 사랑에 빠져 결혼한 자신을 경멸하는 남편.

그 남편도 결국 아내가 콜레라가 만연한 속에 아이들에게 노래와 춤을 가르치고 피아노를 연주해 주고 아이들과 같이 잠든 모습을 보고 아내에게 다시 사랑의 감정을 느낀다.

진심을 다해 온 정열을 쏟아 환자와 어린이… 약자를 돕는 일을 하는 사람에게 존경과 사랑의 감정을 느끼게 된다.

현모의 부모님도 그래서 아프리카 오지에서 환자와 아이들을 돌보고 있는 것이다.

수진은 생각한다.

나도 일을 갖고 싶다.

나의 진심과 열정과 나의 능력을 최대한 쏟아부어서 보람을 느낄 일을….

현모는 고개를 끄덕이며 미소한다.

현모는 그런 나의 소망을 이미 다 알고 있었다.

현모는 내게 내가 아라호텔을 경영하면서 할 수 있는 일이 많을거라고 한다.

그리고 매일 운동을 하라고 한다.

일과 운동.

현모의 섹스보다도 현모의 이 두 가지 권유에서 현모가 나를 깊이 사랑하고 있는 것이 느껴진다.

페인티드 베일은 현모도 인상 깊게 본 영화라고 한다.

그러면서 한 마디 죽이는 멘트를 날린다.

나오미 와츠보다 수진 씨가 훨~~더 예뻐요.

그러나

영화 페인티드 베일의 두 남녀의 감정에 대한 현모의 생각은 내 생각과는 많이 달랐다.

남편을 미워하고 있던 여자는 남편이 수녀원의 아이들을 매일 찾아와 돌본다는 말을 듣고 존경의 마음이 생겨 남편에 대한 미움이 사라진것이지 없던 사랑이 생긴건 아니라고….

남편도 피아노를 치며 아이들에게 노래와 춤을 가르치는데 진심인 아내를 보며 아내에 대한 경멸을 거두고 아내를 이해하게 된것이지 아내에 대한 사랑이 되살아난건 아니라는 거다.

그래서 아내가 임신을 알리며 아기의 아버지가 남편이 아닐 수도 있다고 고백하며 울 때 남편은 상관없다며 아내를 위로해 줄 수 있는 것이다.

아내를 이해하게 되었으니까.

현모는 존경심이나 이해하는 마음을 사랑과는 구별해서 생각한다.

존경스럽다고 없는 사랑이 생기고 이해하게 되었다고 해서 이미 변한 사랑이 회복될까요?

현모 생각이 현모 말이 맞다.

남편이 나에게 그리고 내 부모와 동생들에게 해 준 일에 대해 고마운 마음 많지만 그렇다고 수진에게 원래 없던 남편에 대한 사랑이 생기는 일은 없었다.

존경. 이해. 감사 이 세 가지와 사랑은 확연히 다르다.

부부든 애인이든 남녀 간의 사랑은 존경심, 이해심, 감사의 마음과는 별개다.

수진이 정말 그렇다고 하자 나란히 걷던 현모가 수진의 손을 잡는다.

미안함도 마찬가지예요.

상대에게 미안하다고 말해야 할 일을 하는 건 이미 상대를 사랑하지 않는 증거예요.

남편이 수진 씨를 사랑했겠지만 수진 씨에게 함부로 대하고 폭언 폭행하는 순간 이미 사랑은 일도 없는 거예요. 사랑은 물론 인간에 대한 기본적인 존중조차 없으니까 때리는 겁니다.

나를 존중하지 않는 사람과 같이 살면 안 됩니다. 그건 자신을 스스로 모독하는 거예요.

이건 내가 수진 씨를 사랑하는 것과는 별개의 문제예요.

알아요. 그래서 제게 이혼할 용기를 주신 현모 씨에게 감사하고 있어요.

그래서 수진 씨가 저를 사랑하시는 건가요.

아뇨. 감사와 사랑은 별개라면서요.

수진의 손을 잡은 현모의 손에 힘이 팍 들어가자, 수진이 머리를 현모의 어깨에 기댄다.

　현모 씨는 왜 저를 사랑하는 거예요?
　남편한테 처맞고 병원에 실려 오는 여자를 동정해서는 아닐 꺼구요.
　그런 동정심이 사랑은 아니니까요.
　아니고말고요.
　학습효과가 있네요. 우리 모범생 수진 씨.
　그러고 보면 사랑이라고 착각하기 쉬운데 사랑 아닌 게 참 많네요.
　존경. 이해. 감사. 미안함. 동정심.
　소유욕. 짝사랑, 추모도 사랑이 아니에요.
　새를 정말 사랑하면 내 집의 새장 속에 새를 가둘 수 없을 거예요.
　새장에 가두는건 사랑이 아니라 소유욕이죠.
　결혼도 그런 거 아닐까요. 소유욕요. 사랑도 물론 있겠지만.
　어떤 결혼은 그렇죠. 라고 현모가 말하자 수진은
　저의 결혼이 그렇군요, 먹이도 주고 때리고….
　현모 씨 결혼은 그렇지 않죠.
　그렇지 않구 말구요.
　전 아내가 자유롭고 행복하기를 바래요.
　그러시겠죠. 상대방이 자유롭고 행복하기를 원하는 게 사랑일 테니까요.
　물론입니다.
　전 수진 씨를 사랑하니까 수진 씨가 부디 자유롭고 행복하기를 원해요.

수진 씨가 그렇게 되기 위해서 뭐든 할 거예요.

수진 씨가 이혼하고 독자적인 경제력 갖기를 가장 원하는 사람도 저예요.

수진 씨를 사랑하니까요.

현모 씨는 아내에게 욕을 한 적도 때린 적도 없으시겠죠.

그런 건 상상할 수도 없어요.

그런 게 바로 행복한 결혼이군요.

그럴까요?

언제인가….

'모든 결혼은 불행하다.'란 소제목이 있는 책을 봤어요.

사실은 저도 그렇게 생각하고 견디고 있었는데 행복한 결혼 생활을 하는 사람이 옆에 있네요. 실물로요.

내가 수진 씨에게 마음을 다 뺏긴 거 아내가 언젠간 알게 된 거고 그러면 행복한 결혼이 끝날 테니 '모든 결혼은 불행하다.'란 말이 맞네요.

수진이 걸음 멈추고 얼굴이 창백해진다.

현모가 수진의 어깨를 다정하게 잡으며 길가의 조그만 찻집으로 들어간다.

두 손으로 뜨거운 커피 머그를 쥐며 수진이 말한다.

그 책 제목이 뭐예요? 저도 읽어보고 싶네요.

書香이라고 하죠. 책 냄새를 좋아해서 서점에 자주 가는데 에세이 칸에 '행복한 여자는 글을 쓰지 않는다'라는 제목의 책이 있길래 내 주위에 글 쓰는 여자가 없는데 다들 행복한 여자들이라 그런가아 하고 들춰 보다가 '남녀 간의 사랑은 아주 길어야 일 년이다.'라는 꽤

쇼킹한 소제목에 끌려서 책을 사가지고 집에 와서 단번에 읽었는데 사랑의 속성 세 가지를 명쾌하게 제시한 점이 아주 좋았어요.

뭐죠? 세 가지가.

아주 단정적으로 말하길 좋아하는 작가네요.

그런가 봐요. 수필가는 아니구 드라마 작가예요. 이름 잊어버렸는데….

암튼

하나는 한시성. 시작이 있으니, 끝이 있다는 거죠. 영원한 사랑은 없다는 거죠.

또 하나는 일생에 여러 사람을 사랑하는 게 당연하다는 거.

평생 오직 한 사람만을 사랑해야 진실한 사랑이라는 망상에서 해방되라는 거죠.

마지막 하나는 사랑은 일단 가면 절대 되돌아오지 않는다는 거죠.

하하 직진만 하고 빠꾸가 안되는 차량이군요.

흘러간 시간, 흘러간 강물이 절대 되돌아오지 않는 것처럼 사랑이 다시 온다, 사랑이 회복된다는 건 망상이고 거짓이라는 거죠.

재미있는 표현의 문장이 있었는데….

사랑이 변하지 않아야 한다고 생각하는 사람은 계절이 변하지 않아야 한다고 생각하는 사람이다,

계절은 바뀌고 사랑도 변한다. 우주의 운행이 일 초도 멈추지 않듯 우주 만물이 시시각각 변화하듯.

왜 유독 사랑에만 진실, 영원, 부동, 불변이란 족쇄를 채우며 괴로워하는가,

사랑의 속성에 대한 무지의 소산이다.

진리를 알면 자유로워진다. 쓸데없는 고통으로부터.

하하 너무 잘도 외우시네요.

하하 공감 되어서요.

미숙이한테 비슷한 얘길 들었을땐 별 느낌이 없었는데 현모 씨한테 들으니 오싹하게 공감이 오네요.

하하! 오싹하게….

이미숙 씨가 그 책을 읽으신 모양이네요.

그럴 거예요. 독서광이에요.

아하… 그게 뛰어난 연기자로 장수하시는 비결인가봅니다.

근데 현모 씨 제 질문에 답 아직 안 해주셨어요.

왜 절 사랑하시는 건데요?

그걸 뭘 물어봐요. 내가 여러 번 말해서 아실 텐데.

몰라요.

또 듣고 싶으신가 봐요.

또라뇨. 한 번도 말 안 해주셨어요.

수진과 현모, 둘 다 커피머그 내려놓고 서로 바라본다,

너무 예뻐서요.

수진, 좋아서 숨이 멎는다.

여경은 오랫동안 구상해 왔던 소설의 집필을 시작한다.

머리글에서

남녀 간의 사랑의 진실에 대한 무지와 왜곡이 어이없는 전설과 신화를 만들어내어 얼마나 많은 순진한 사람들에게 얼마나 많은 가치 없는 고통을 주어왔는지 모른다.

라고 썼다가 싸악 지워버린다.

계몽소설이라고 밝히는 거야 뭐야. 이럼 재미 없지.

책을 산 독자에게 예의가 아니지.

머리글도 꼬리글도 필요 없는 게 나의 소설이다.

독자가 이야기 속에 빠져들면서 자연히 깨닫게 될 것을 미리 알려 김을 빼는 게 서문일 거고

독자가 마지막 장을 넘기며 내 얘기야 할 때, 아니야 내 얘기야 하고 초를 치는 게 후문이다.

그냥 가자. 바로 가자.

드라마 집필처럼 시청률에 목을 매지 않아도 되니 편하고 자유로울 줄 알았는데 책을 산 독자가 책값을 안 아까워해야 한다고 생각하니 편치도 않고 자유롭지도 않다.

티브이의 무료 시청자와 달리 책의 독자는 유료 고객이다.

그들이 앉은 자리에서 단숨에 읽게 쓰리라.

내 속을 환히 들여다보고 있는 거 같은 해인이가 이 소설을 자기가 12부 정도 드라마로 만들겠다고 할지도 모르겠다. 승낙하리라. 하하.

계란 바구니를 머리에 이고 장에 가던 시골 처녀가 무도회에 간 자신을 꿈꾸며 왕자님의 춤 제의 아님 다 거절이라고 머리를 흔든다. 계란을 몽땅 쏟듯 여경은 컴 앞에서 끄덕끄덕 졸다가 왕창 곯아떨어진다.

해인에게는 끊으라고 한 컵라면을 먹었다.

'밤새우지 말란 말이야.'라고 해인에게 말해놓고 어젯밤 꼴딱 샜다.

밤새도록 다섯 편의 중국영화를 봤다.

화양연화를 두 번, 이어서 첨밀밀을 세 번.

장만옥이 예쁘지만, 여자인 여경의 마음을 끈 건 양조위와 쩡 즈웨이. 두 남자다.

첨밀밀의 남 주인 여명이는 영 눈에 들어오지 않는다.

여명이 대사도 그저 철없는 어린애 같다.

수컷 냄새가 팍~ 나지를 않는다.

조용한 문필가인 양조위보다 무서운 조폭 쩡 즈웨이가 더 마음을 끈다.

양조위의 "당신이 남편을 떠날 수 없으니까 내가 떠나야죠."

라는 안타까운 대사보다

조폭 쩡 즈웨이가 마사지사인 장만옥에게 미키마우스 문신한 자기 등을 보이며 무심한 듯 내뱉는

"니가 쥐를 무서워한다기에 데려왔지."

라는 귀여운 대사가 좋다.

홍콩 항구. 비 오는 밤. 뚜우우우….

곧 떠나는 밀항선 갑판 위에서 여경이 '같이 가요'하며 쩡 저웨이의 가슴에 얼굴을 파묻는 순간 전화벨이 울리고….

여경은 입가에 흐른 침을 닦으며 폰을 집어 든다.

선생님, 저 경수입니다.

이번에 제 아버지 일로 선생님께 너무나 감사드립니다.

내가 한 게 뭐가 있나. 걱정한 거밖에.

경수가 아버지 살렸지.

오늘 저녁 혹시 선약 없으시면 제 식당에서 저녁 식사 모실 수 있으면 하구요.

하하 리베르떼 셰프님 초댄가? 나 혼자?

아버지하구요. 아버지가 너무나 원하면서 차마 말씀을 못 하는 거 같아서요.

좋아,

감사합니다. 선생님.

몇 시쯤 갈까?

7시쯤 괜찮으실까요. 내비 쳐서 오시게 주소와 약도를 바로 보내드리겠습니다.

근데 나 거기서 아버지하고 먹고 있는 동안 어머니가 들이닥쳐 나 옥수수 뽑히는 거 아닐까.

하하하 어머닌 지금 미술관 일로 두바이에 계세요.

아 그래? 안 그래도 해인이가 죽여주는 프렌치 오마카세라고 하던데 드디어 나도 먹게 되네.

게다가 셰프님 직접 초대로….

점심때 컵라면 먹었는데 영양 보충해야지.

으하하하 그렇게 말씀해 주시니 정말 감사합니다. 선생님.

해인이가 선생님 너무너무 좋아하는 이유를 알겠어요.

그래? 하하.

근데 해인이 보고 컵라면 끊으라고 하셨다구 해인이가 컵짜장만 먹던데 선생님은 컵라면 드셨어요?

하하 그런 거야… 해인이한테 말하지 마.

말할래요. 선생님 말하지 말라는 말까지요.

경수는 전화 끊자 바로 세심하게 식단을 짜기 시작한다.

아버지가 좋아할 만한 상냥하고 유쾌한 여성이군.

냉정하고 오만하고 뻔뻔한 울 엄마랑 대조되네.

오신데? 아버지 전화.

그럼요.

Thank you, my Son.

My pleasure, Dad.

도곡동 리베르떼 앞

차 키를 공손한 배릿 서비스 직원에게 맡기고 부띠끄로 오르는 이층 계단을 오르는 여경.

파리 샹젤리제 뒷골목에 있는 조그만 부띠끄 호텔에 딸린 레스토랑 느낌.

셰프복 차림의 경수가 매니저와 함께 폴더 인사를 하고 특실로 안내한다.

블래이저 정장 차림으로 운오가 일어나 악수로 여경을 맞는다.

30년 전 놀이공원의 첫 데이트에선 녹은 아이스크림 두 개를 들고 나를 기다렸다 일어났었지.

살찌고 배 나오고 수트핏이 안 좋은 운오가 조금 가슴 아프다.

날렵하고 장난기 가득한 35세의 청년, 지금 해인이 나이의 청년 때와 비교 자체가 잔인한 거긴 하지만.

경수가 해인이 통해 귀띔해 주긴… 우울증이 걸리고 운동을 때려쳤다고 한다.

왜 우울증이 걸렸을까. 실연했나? 운오는 연애 고수다. 고수일수록 실연에 상처를 받는 법.

경수가 정성 들여 음식에 따라 맞춘 와인 페어링에 정말 죽이게 싱싱한 씨시푸드 오마카세를 즐기며 여경은 카트를 룸으로 가져와 설론 스테이크를 잘라주는 경수에게 다정한 눈길을 보낸다.

경수야, 속상해하지 마. 내가 너의 아버지 다시 날렵한 몸매로 돌려줄게.

경수가 나가고 직원이 디저트와 커피를 놓고 가면서 깜찍한 금색의 오르골을 틀어놓는다.

곡은
Love is a very splendid thing.

홍콩 배경의 모정 이란 영화 주제가죠?
그쵸. 홍콩 구룡반도에 무슨 호텔이더라?
페닌슐라.
맞아요. 그 호텔에 이 영화 찍을 때 윌리엄 홀덴이 차 마시던 자리가 있더군요.
아 그쵸. 저도 거기 애프터눈 티를 즐기려고 들어갔는데 어찌나 대기 줄이 긴지 포기하고 말았어요.

여경 씨 우리가 30년 전에 우연히 같이 일했던 제주아라호텔에 내가 만든 아라정원에서 애프터눈 티를 같이하고 싶은데 가능할까요?

담 주 토요일요.

좋아요.

여경이 선뜻 대답하자 운오가 도리어 당황한다.

에고오… 나 너무 쉬운 여잔가?

여경이 그 생각하며 혼자 웃자, 운오도 따라 웃는다.

여전히 시원한 분입니다.

근데 조건이 있어요.

운오 긴장. 뭡니까.

내일부터 매일 한 시간 이상 운동하시는 거요. 무슨 운동이든지요.

하겠습니다.

운오와 여경, 마주 보고 웃는다.

여경이 약속! 하며 새끼손가락 내밀자, 운오가 자기 새끼손가락을 걸고 여경이 엄지손가락으로 운오의 손바닥에 도장 찍고서 두 사람은 킬킬 웃는다.

선생님이 초딩 어린이랑 약속하는 거 같네요.

선생님 말 잘 듣기. 매일 운동하기.

약속 지키면 담 토요일에 제주도 수학여행 저 데려가시는 거죠.

그럼요.

여경 씨랑 같이 있으면 웃을 일 뿐이네요.

사람을 웃기고 웃는 게 진짜 행복이라는 걸 내게 첨 가르쳐주신 분이 운오 씨인걸요.

아침 일찍 호텔 헬스장으로 간 여경.

웨이트 트레이닝을 골고루 한 시간 정도하고 러닝머신에서 삼십

분 뛰었다.

자, 이제 사이클링 삼십 분 강도 있게 하자.

드라마 나가는 동안 거의 오지 못한 헬스장.

이제 주중에는 매일 아침 와야겠다. 생각하며 사이클링 속도를 높인다.

일요일 아침엔 주짓수한다.

옆 사이클에 쩡즈웨이 필이 나는 남자가 올라 엄청 빠른 속도로 타고 있다.

앗, 팔뚝에 뱀 문신이 반쯤 보인다.

쩡 즈웨이 등에 새겨진 미키마우스 문신을 생각하다가 뱀 문신이 미키마우스 문신으로 바뀌는가 했는데 여경이 자전거 위에서 그대로 바닥으로 쓰러진다.

자기 뱀 문신을 보고 놀라 기절한 것으로 안 영조, 얼른 자전거에서 내려와 직원에게 119 부르라고 하고 여경에게 심폐소생술 실시한다.

쩡 즈웨이의 바로 누운 시신 내려다보는 여경, 고개 세차게 흔든다.

그의 죽음을 전혀 믿을 수 없다.

경찰에게 시신의 등을 보여달라 한다.

시체를 뒤집자 등 한쪽에서 미키마우스 문신 발견하고 그제서야 쩡 즈웨이의 뺨에 자기 얼굴을 비비며 우는 여경.

응급실 소음 속에 눈 뜨는 여경.

여경의 시야에 희미하게 쩡 즈웨이 얼굴이 들어온다.

그가 링거줄을 만져보고 있다.

아고 깼네. 어이 이거 봐요. 여기 깨났어요.

영조가 유난스럽게 간호사 부르자 달려오는 간호사.

체온과 혈압 잰다.

혈압이 몇이요?

100하고 50이에요. 간호사 기록하는데

저혈압 아닌가요?

아니에요. 어딘 아픈 덴 없으세요?

아니요.

새삼 영조를 보는 여경.

설마 쩡 즈웨이가 여기까지?

내가 헬스장에서 정신을 잃었나 보네요.

갑자기 자전거에서 떨어져 쓰러지셔서 놀랐습니다.

어머, 제 옆에서 자전거 타셨던 분 아닌가요? 넘 감사합니다. 폐를
끼쳤네요.

아닙니다.

보호자 연락해 드릴께요.

영조가 폰 꺼내자, 여경은 머리를 흔든다.

저 보호자 없어요.

에?

머리 사진 찍으러 이동하겠습니다.

이동베드 따라가며 영조가 중얼거린다.

멀쩡한데 사진은 왜 찍어. 괜히 검사비 받아먹으려구….

보호자는 따라오지 마시구 저기서 기다리세요.

그래도 어정어정 따라가며 회사 기사에게 전화하는 영조.

호텔에서 내 차 빼가지구 삼성병원 응급실 앞에서 대기해 줘.

호텔 라운지 아침 뷔페식당

영조는 중국 국수 먹고 여경은 접시 가득 담은 여러 가지 음식 맛있게 먹는다.

응급실에서 저 땜에 내주신 돈을 안 받으시니 식사 대접이라도 하고 싶어서요.

걱정했는데 식사 잘하시는 거 보니 안심됩니다.

네에, 오늘 정말 감사합니다.

뭘요. 절 보고 놀라서 쓰러지신 거 같아 엠브런스 차 타고 따라간 거뿐입니다.

제가 왜 놀래요?

제 팔에 뱀 문신 보고 놀라셨나 했어요.

아아하하… 아니에요. 그거 때문이 아니고 운동을 한참 못하다 갑자기 심하게 하니 무리가 왔나 봐요.

혹시 첨밀밀이라는 중국영화 보셨어요?

아뇨. 첨밀밀이 중국 밀전병 이름인가요?

아니구요. 그 영화에 조폭으로 나오는 쩡 즈웨이가 미키마우스 문신을 했거든요.

갑자기 그 생각이 났어요. 얼굴이랑 몸매가 좀 닮으시기도 했구.

잘 생겼나요?

으으음~~~

141

영조가 재빨리 폰 꺼내 검색한다. 쩡, 즈, 웨. 이. 안 나오네요?

증 지위루 찾아보세요.

증 지 위… 아 있네요.

사진까지 상세히 보는 영조의 표정 별로 좋지 않고 여경은 웃음을 참으며 일어난다.

커피 가져와 놓고 앉는 여경.

직원들이 작가 선생님이라고 하던데 무슨 작가세요? 소설가?

티브이 드라마작가예요.

아 돈 많이 버시겠네.

네. 윤여경이라고 합니다.

나는 조영조라고 합니다.

어머 제가 중학교 때 너무 좋아하던 보컬 키보이스의 기타리스트 이름이 조영조였어요.

아아 키보이스.

별이 쏟아지는 해변으로 가요. 해변으로 가요.

영조, 기타 치는 흉내 내며 여경 따라 노래 부른다.

젊음이 넘치는 해변으로 가요. 해변으로 가요오.

달콤한 사랑을 속삭여 줘요오…

고등학교 다닐 때 기타 치면서 거의 매일 불렀던 노래예요. 바닷가의 추억이랑.

아 그 노래도 너무 좋아요.

바다아가에 모오래 알처럼 수많은 사람 중에 만난 그 사아람…

어머! 우리가 같은 시대에 똑같이 키보이스 팬이었네요.

여경의 '우리'란 말에 영조는 이상하게 기막힌 희열을 느꼈다.

이렇게 예쁘게 생긴 데다 드라마작가이기까지 한 여자랑 나랑 우리라니.

아! 이런 게 노래의 힘. 예술의 힘인가 보다.

그 기타리스트 이름이 나랑 같은 조영조인지는 오늘 알았네요.

하하!

리드기타… 메인싱어… 조영조. 지금도 얼굴 이목구비까지 또렷이 생각나요.

중학생이 아주 반하셨구만,

여경이 중학생 때 사복 입고 명동 돌아다닌 얘길 하자 영조는 자기는 순천에서 낳고 자라긴 벌교에서 자랐다고 말하고 말았다.

그랬더니 놀랍게도 여경 입에서 나온 말.

순천에서 인물 자랑 말고 벌교에서 힘자랑 말라고 하던데요.

아니 그거를 어떻게 아십니까 서울내기 작가님께서.

'태백산맥'이란 소설에서 읽었는데 순천 벌교 하시니 기억이 났네요.

아까 검색에서 보신 증 지위 사진보다 훨~~ 인물이 좋으셔요.

영조는 기분 째져서 너털웃음을 터뜨린다.

홍콩산과 순천산의 차이죠.

여경이 맞장구를 친다.

중국산과 국산을 비교할 순 없죠. 음식이든 사람이든.

눈웃음치는 여경을 보며 영조는 생각한다.

돈 잘 버는 드라마작가라고 뻐길 줄 알았더니 참 재밌고 유쾌한 여자네.

보호자가 없다는 걸로 보아 싱글인 모양인데 돌싱일까. 돌돌싱?

143

인물 좋다는 말에 입이 째진 영조를 보며 여경은 생각한다.

야! 이놈. 구례 출신 조폭 맞네. 내가 작가라고 밝혔는데 자기 직업은 말하지 못하는 거 보면.

적당히 사업한다고 둘러대고 싶진 않은 쫌 순수한 사람 같긴 해.

앗, 웨이터가 누룽지 조각이 뜨는 뜨끈한 숭늉 대접과 숟갈이 놓인 작은 트레이를 영조 앞에 놓는다.

흐뭇한 영조. 아 고마워.

전 식후에 커피 대신 이 숭늉을 먹어야 속이 편해요.

그거야 다들 그렇죠. 그렇다고 이런 데서 숭늉을 따로 사기대접에다 대접받으시다니 우와~~~

조폭 깍두기를 여기 웨이터로 심어놓았군. 주방에도 조직원이 하나 있나 보네.

폰이 울린다. 해인.

빛의 속도로 받는다.

선생님. 입금됐어요.

우와~~입금! 입금! 대~~~박! 됐어. 이제!

여경이 단어마다 식탁을 손바닥으로 팡팡 치니 영조의 숭늉이 요동을 친다.

계산대

회장님이 계산하셨습니다.

멋쩍게 카드 집어넣는 여경.

응급실에서 쓰신 돈 땜에 제가 아침 사드린다고 했는데 왜 먼저 계산하셨어요.

아아 남자가 사야지요오~~~

하하 남자란 말이 새삼 웃긴다. 고풍스럽기도 하고…

근데 돈 입금 돼서 엄청 기쁘신 모양입니다. 식탁 뽀개지는지 알았네요.

아아 제 애제자가 드라마작가로 정식 데뷔했어요. 계약금 입금됐다고 연락한 겁니다.

입금이 돼야 확실한 거거든요.

호텔 회전문 앞에서 각자의 차가 나오기를 기다리는 두 사람.

여경의 차 나오고 바렛 기사 내리면

제 차가 먼저 나왔네요. 오늘 감사했습니다. 식사까지 신세 졌네요.

아아 까진 거 뭘 신세라고… 자, 그럼.

여경, 운전하며 뒷거울에 영조의 차본다.

설마 나 따라오는 건 아니겠지.

내가 젊은 여자도 아니고… 조폭도 조직운영하려면 디게 바쁠 텐데….

스피커폰으로 해인에게 전화하는 여경.

나 운동 끝나구 집으로 가는 길인데 집에 가서 바로 내가 해인이 작품에 대해 생각해 놓은 것 전부 구체적으로 정리해 놓을 거니까 오늘 6시에 우리집에 와.

축하 파티 겸 작가와 보작 첫 미팅하자.

우와~~~ 좋아요. 선생님.

근데 내가 음식 준비할 시간은 없으니까. 케익하고 와인 한 병만 사놓을게.

6시에 해인이가 와서 이것저것 배달주문! 어때!

좋아요. 선생님!!!

선생님이 제 보작해 주신다는 거 정말이네요.

정말이지 그럼.

근데 오늘만 오프라인 미팅이구 나머지는 전부 온라인이야. 내가 해인이 집을 드나들 순 없잖아.

한참 침묵 후 해인의 기운 빠진 대답.

알겠습니다.

글구 보작 보수는 내가 해인이 줬던 거의 반.

네. 마지막 회는 제 한 회분 원고료를 다 드리구요.

그건 해인이가 애인이랑 해외로 나갔을 경우.

저는 절대 그런 일 없을 거예요. 선생님.

큰소리치지 마.

네.

조그만 케이크와 와인 한 병 식탁에 놓는 여경.

해인의 프로작가 데뷔에 혼자 즐거워서 박수친다.

대학신문에 실렸던 너의 시.

조선일보 신춘문예 당선된 너의 희곡.

동아일보 신춘문예 당선된 너의 시나리오.

그 세 작품 보고 난 일찍이 직감이 왔지.

해인이가 뛰어난 작가. 빛나는 보석 원석 같은 작가라는걸.

이제 강해인 작가님이라고 부르고 '미쳤냐.' '지랄 마!' 그런 소리 입꾹할게.

여경은 혼자 웃다가 냉장고에서 제로콜라 캔을 꺼내 탭 홱 따고 원샷한다,

아아, 아침 뷔페 또 과식했군.

단지 돈이 없다는 이유로 먹고 싶은 걸 맘껏 못 먹고 먹을 수 있는 것을 먹어야만 했던 기억 때문에 호텔 뷔페 같은데 접시 들고 서면 아직도 여경은 눈깔이 확 뒤집혀 마구마구 집어 담는다.

끄윽 트림이 나며 여경은 스스로를 경멸한다.

식탐 줄여. 쯤! 이제 환갑이야.

조은식품 수원공장 부회장실

폰을 든 아라가 자기 책상 의자에서 발딱 일어나며 팔짝팔짝 뛴다.

정말 정말? 우와아~~ 대~~~박! 너무 기뻐 오빠! 될 줄 알았지만 이렇게 빨리 될 줄 몰랐어.

니가 기뻐해 주니 넘 좋다.

해인 오빠가 경수 오빠 통하지 않고 나한테 이렇게 직접 전화해서 알려주는 게 그렇게 좋을 수가 없네. 하하하~~.

아라는 기계 도입 서류 들고 들어오는 공장장(아라 막내 외삼촌)에게 나가 있으라는 손짓.

공장장은 의아해하며 서류 들고 나간다.

당연히 직접 전해야지. 아라가 기뻐해 줄 줄 아는데.

해인은 경수가 한 말, 아라한테도 '니가 직접 전화해. 이 기쁜 소식, 나 통해서 알면 섭섭해할 거야.'라고 말해준 게 너무 고맙다.

큰일 날 뻔했네.

공장장을 문밖으로 쫓아낸 아라는 큰 소리로 떠든다.

해인 오빠가 그동안 내 전화 문자 다 씹은 거 다 용서해 줄게.

고~~~맙습니다. 부회장님.

내일 저녁 7시 리베르떼에서 내가 해인 오빠 프로작가 데뷔 축하 디너 초대할게.

좋아 고마워.

아아 너무 좋다. 오빠 사랑해.

응, 나두… 고마워.

앗 오빠 지금 나두라 그랬다. 나두 나두…

하하 야 왜 이래. 자 낼 보자.

전화 뚝 끊는 무정한 해인 오빠.

공장장이 다시 들어온다.

에고오… 다 듣구 있었나? 오빠 사랑해까지? 어어! 내 목소리가 컸나?

작년 대비 25프로 증가한 한국 라면 수출 총물량 중 단일품목으로 1위를 차지한 품목이 우리 조은 매운치킨라면입니다. 우리가 드디어 신라면, 진라면 다 제꼈습니다.

조은식품 이사회는 자화자찬의 요란한 박수로 끝났다.

부회장님이 이끄신 연구개발팀이 매운치킨소스를 개발한 게 역시 신의 한 수였다는 등 이사들의 아부성 발언이 이어지는데…

영조는 회의실을 나와 집무실로 가며 오늘은 회사 일과 상관없이 왜 이렇게 기분이 좋을까 생각해 본다.

엄마, 아내, 장모를 비롯한 처가 여자들, 회사 여직원들, 가사도우미 여사님, 등등.

오직 내 돈을 노리는 여자들 아닌 여성과 처음으로 수평적인 대화를 해본 것이다.

여자에게 존댓말 쓰면서 애기하고 밥 먹은 것도 처음인 듯하다,

내가 문신을 했다는 이유로 윤 작가는 나를 조폭으로 확신하고 있는 듯하지만 아무렴 어떤가.

내 옆에서 쓰러졌으니 도와주고 밥 사주고 기분 좋게 대화했으면 됐지 않은가.

오랜만에 정장 와이셔츠와 넥타이, 곤색 블레이저 재킷을 입은 해인.

꽃집으로 들어간다.

장미의 붉은 빛과 장미의 핑크빛이 명도와 채도를 달리하여 이렇게도 다양하게 여러 가지가 있을 줄이야.

장미를 골라내며 해인은 세상에 태어나서 처음으로 여자에게 꽃을 선물하는 자신을 향해 빙긋 웃는다.

생각해 보니 여자뿐 아니라 남자에게도 꽃을 선물한 적이 없다.

선생님은 여자에게서고 남자에게서고 수없이 꽃 선물을 받으셨겠지만.

우와~~하며 활짝 웃는 얼굴로 장미꽃장 다발을 받아안아 드는 여경.

너무너무 예쁘다. 아아! 이 향기.

에고오… 많이도 샀네. 비쌀 텐데….

장미 다발을 풀어 커다란 달항아리에 담으며 또 활짝 웃는 여경.

해인이 프로작가가 된 자축꽃 다발이네.

아니에요. 선생님께 드리는 저의 감사의 꽃다발이에요.

고마워. 이렇게 많은 장미를 받아보긴 처음이야.

사랑의 꽃다발이에요. 라고 말할 순 없지만 장미꽃이 대신 말해주지 않을까.

붉은 장미의 꽃말은 사랑이잖아요.

달항아리의 풍성한 장미, 레드 와인, 커다란 리델 와인잔 둘.

둘이 삭막하게 머리 맞대고 작품 토론하던 식탁이 이렇게 화려하게 변할 줄이야.

내가 의견 정리해 논거 프린트할 동안, 음식 좀 배달시켜 봐.

네.

피자, 치킨, 칼라마리, 만두, 찹스테이크, 코울슬로를 와인과 즐기는 여경과 해인.

둘이 쌓아놓은 닭뼈 보고 웃는 여경.

완전 암수 늑대 두 마리가 해치운 거 같다.

해인도 크크 웃는다.

해인이 부엌을 둘러보자, 여경이 재빨리 눈치챘다.

와인 셀러 찾지?

네.

그런거 없어. 이 와인, 집 앞 편의점에서 산 거야. 같은 거나 비슷한 걸로 두 병 사와.

빛의 속도로 달려 나가는 해인.

냉장고에서 캔콜라 꺼내 마시는 여경.

폭식엔 콜라야.

와인 두 병 들고 날라온 해인,

조리퐁, 맛동산, 먹태깡 세 봉지 식탁에 놓고 두 손으로 팍팍 찢어서 연다.

여경, 깔깔 웃으며 난 가위 써서 잘라야 하는데 해인이는 한 번에 그렇게 팍팍 찢으니 넘 섹시하다아~~

섹시란 말에 움칠하는 해인. 섹시하다구요?

와인 서로 따라주며 정신없이 과자 먹는 두 사람.

너무 맛있다.

선생님하고 먹으면 뭐든지 맛있어요.

내가 디게 맛있게 먹지.

네.

선생님한테 보여드리고 싶은 게 있어요.

뭔데.

해인, 넥타이 풀어 옆 의자 등에 걸치고 와이셔츠 단추 하나하나 푼다.

여경, 빙긋 미소. 씩스팩? 초콜릿 복근?

선생님두 있으신 거 말구요.

여경, 긴장한다. 뭐지?

해인의 아름다운 벗은 상체와 탄탄한 이두박근의 두 팔 보는 여경.

혹시… 여경이 눈 깜빡거리자 해인 미소.

해인, 의자에서 일어나며 몸 뒤로 돌린다.

해인의 등 한쪽보고 아아악 소리 지르는 여경.

선명한 칼라의 조그만 미키마우스 문신.

그린 거야? 설마 진짜 문신?

진짜예요. 생각보다 많이 아파서 울었어요.

미쳤어? 이 아픈 걸 왜 해! 무슨 짓이야 이게.

선생님이 귀여운 사랑 고백이라고 백번 얘기하신 첨밀밀의 조폭 문신이잖아요.

끔찍하다. 빨리 옷 입어.

한번 만져보세요.

영상이 아니고 실물이잖아요.

내가 왜 만지니 빨리 옷 입어.

해인, 와이셔츠 입고 단추 채우며 웃는다.

아유우~~ 술 확 깨네.

한숨 쉬는 여경.

그나저나 사랑에 깊이 빠져들었구나 해인이.

그런 거 같아요.

부럽다. 나도 그런 적 있었어. 한 번.

한번요?

그런 거 같애.

이런 일은 일생에 단 한 번 있는 일일까요?

모르겠어. 여러 번 있는 사람도 있겠고 단 한 번도 없는 사람도 있지 않을까.

해인이도 처음은 아닐 거 아냐?

처음이에요. 그러니까 제가 여쭈어보는 거죠. 선생님도 한 번이었다고 하시니까요.

하하 일생에 한 번이랄 순 없지. 나 아직 더 살 거니까.

이제 사랑이 뭔지도 알게 되었고, 돈도 있고, 이제 사랑하면 참 잘할 거 같은데 이젠 사랑할 만한 대상이 없네.

상대가 없으시다구요?

엉.

와인 원샷하는 여경,

해인도 급히 따라 원샷한다.

여경, 웃는다. 따아라 하기 없기이~~

전 선생님 따아라 해서 드라마작가 됐구요. 평생 따아라 할 거예요.

옆에 바짝 붙어서.

드라마작가 된 걸로 됐어. 내 옆에 밧짝 붙는 건 거절이야.

오늘 이후 강해인 작가 오프라인으론 만나지도 않을 거야.

정말요?

빈 잔 내려놓는 해인의 손이 가볍게 파르르 떨린다.

이 와인 세 병이 우리 이별주가 되겠어.

이별주요? 뭔 옛날 사람 같은 말하시나요.

이별 그런 건 없어요. 둘 중 하나의 혹은 둘 다의 죽음 외에는요.

취했구나.

말없이 와인 한 잔 더 따라 원샷하던 해인, 눈물이 흐른 걸 감추려 벌떡 일어나 화장실로 뛰어간다.

앗, 토야… 설사야…

아아 둔한 선생님 무정한 선생님.

토도 설사도 아닌 눈물입니다.

오늘은 우는 날이네.

문신할 때 아파서 엄청나게 울었는데…

내가 선생님 화장실에서 울게 될 줄은 몰랐다.

실컷 마음껏 울고 세면대에서 세수하고 선생님 얼굴이 닿았을지도 모르는 수건에 얼굴의 물기를 눌러 닦는다.

수건을 그대로 반듯하게 걸고 탈탈 턴다.

오줌도 눈다.

마지막? 오프라인으론 마지막이라구? 나 지금 이별 통보 받은 거야?

이별, 별리? 우리 제대로 만난 적도 없는데?

음식 남은 것과 종이상자 과자봉지들로 난장판이 된 식탁에 엎드려 잠이 든 여경.

A4지에 메모하다 엎드린 듯 손에 연필을 쥐고 있다.

처음 보는 선생님의 눈 감은 옆얼굴… 아름답다.

연필을 사르르 빼고 선생님을 안고 선생님 침실로 들어간다.

깔끔히 정돈된 퀸사이즈 침대.

선생님을 침대에 누이고 몸을 굴려서 시트 빼내서 덮어드리고 베개도 베어드린다.

깊이 잠드신 듯, 설마 만취로 기절하여 무의식인 건 아니겠지.

선생님은 쎈 여자.

해인이 서서 잠시 여경을 내려다보다 돌아서는 순간, 여경이 손을 뻗어 해인의 손목을 꽉 잡는다.

해인, 초긴장하는데
부엌 좀 치워주고 가.
네. 안녕히 주무세요.
침실 문을 사르르 닫는 해인.
후우우… 크게 심호흡한다.

식탁 위의 와인잔 둘.
와인이 남아있는 여경의 잔을 가만히 들어 올려보는 해인.
엷게 립스틱이 묻은 잔 가장자리에 입술을 대고 남은 와인을 다 마시는 해인.
선생님과 살짝 키스한 느낌? 해인 씩 웃고 여경이 말한 대로 부엌 좀 치우기 시작한다.
음식물 처리 봉지를 가져와 음식 찌꺼기 다 담고 빈 와인병, 종이, 플라스틱, 과자봉지들은 리사이클 봉투에 나머지는 종량제봉투에 담고 와인잔 씻어 하얀 수건 깔고 나란히 엎어놓는다.
진공청소기로 바닥까지 깔끔하게 닦는다.
의자 등에 걸쳐놓은 블레이저 재킷을 입고 넥타이를 말아서 주머니에 넣으며 해인은 부엌과 거실을 여경의 책상을 둘러본다.
아마 다시 여기 올 일은 없을 것이다,
부엌 불 꺼지고, 이어 거실 불 꺼지며 대문 소리 나고 여경의 집은 정적에 잠긴다.
내 사랑, 아름다운 선생님, 안녕히 주무세요.

샤워하고 파자마 입은 해인.

침대 머리맡에 둔 샤넬 나인틴 향수를 베개에 살짝 뿌리고 스탠드 불 끄고 베개에 얼굴 파묻고 곧 잠이 든다.

이른 아침의 수산시장 식당

경수, 들어와 앉자마자 다가오는 해인 보고 놀란다.

작가님 집필 개시하시어 바쁘실 텐데 웬일로 여기까지.

경수가 식당으로 들어서는 해인을 보고 반색을 한다.

그러면서도 해인의 기색을 은근 살피는 경수.

무슨 난관이 생긴 건 아닐까.

경수의 걱정을 금방 알아차린 해인, 싱긋 웃으며 어제저녁 선생님께서 이제 보작이 아니라 동료 작가가 되었다며 와인 세 병 까는 축하 파티를 열어주셨다고… 무려 자택에서.

작가 선생님께서 요리도 하시냐? 하니까 해인 대답.

요리 너무 잘하시지.

경수는 해인이가 윤여경 선생에 대한 얘길 할 때는 작가 선생님이 아니라 무슨 교주 같은 느낌이 든다.

해인이 하하 웃는다.

너 또 윤여경 선생님이 교주고 내가 신도라는 소리하고 싶은 거지.

어.

교주에게 신도는 몸도 마음도 재산도 다 갖다 바치잖아, 기꺼이… 자진해서,

교주가 신도를 성 착취하는 게 가능한 것도 그래서지.

교주가 여자이고 신도가 남자인 경우에도 그게 가능한 거 아닐까

나 솔직히 쫌 걱정돼.

어젯밤 교주와 단 둘이 와인 세 병 마시고 아무 일 없었어?

우와아~~ 정말 성착쥐 좀 해주셨음 좋겠다.

경수, 안도의 웃음 짓는데 해인, 자세 바로 한다.

내가 오늘 널 찾아 여기 온 이유는….

경수 긴장한다. 뭔데….

주머니에서 반 접은 흰 봉투 꺼내 건네는 해인.

뭐야 이게. 봉투 펴서 열어보고 윽! 하는 경수.

어 이걸 왜.

왜? 하하 내가 첫 드라마 수입 있을 때 꼬오옥 너 주려고 결심했던 거니까.

야아~~일억짜리 수표 구경 첨한다,

나두 하하.

니가 나 지금 있는 오피스텔 보증금 이렇게 봉투에 넣어서 줬자나.

야아~~이건 무려 다섯배잖아.

몇 배 건 내맘이구.

니가 그랬지. 주고 싶은 친구 있구 또 줄 수 있다는 게 디게 기분 좋다구.

그랬나?

그랬어. 나도 똑같은 기분이야. 좋다.

경수, 봉투 주머니에 넣다가 입구 쪽 보고 '앗' 한다.

아라 디게 닮은 애… 아 아라네.

안녀어엉~~두 손 흔들며 다가오는 아라.

경수 오빠 있을 시간이라 왔는데 해인 오빠도 와 있네.

해인과 기분 좋게 하이화이브하는 아라.

축하해 오빠!

고마워.

오늘 우리 둘이 만찬에 셰프님은 못 끼니까 아침 식사 같이하는 모양이지?

잘도 아네. 오늘 아라랑 해인이 좋아하는 해산물 엄선했지.

우와~~고마워요 셰프님! 엄청 기대되요.

아라가 경수 만나러 온 거네. 난 용건 끝났는데 나갈게.

아니야. 나 오늘 수원공장 식당 점심 식사에 전 직원에게 쏠 대하와 대게, 꽃게, 랍스터 싹쓸이하려고 왔어. 사서 공장 차에 실어 보내고 경수 오빠 여기 있을 시간 같아 와봤는데 신나게 해인 오빠도 덤으로 만났네?

내가 덤?

공장에 존 일 있어?

내 남친이 드라마작가로 데뷔했어요오~~

경수, 해인 다 놀라는데 깔깔 웃는 아라.

가 아니구 우리 조은 매운닭 라면이 라면 해외 수출 단일품목으로 1위 했어. 진,신, 다 제치구.

수출주문 물량이 너무 많아 납기 대느라고 삼교대로 매일 야근이거든.

소고기. 돼지고기는 이제 특식도 아니라 오늘 새우튀김, 대하찜, 대게찜으로 쫌 거하게 쏠라구.

우와~ 오늘 내가 늦게 왔음 게랑 새우, 오늘 우리 쓸 물량도 없을 뻔했네. 아라가 싹 다 거덜냈으니.

하하, 굴은 안 샀어. 멍게만 잔뜩 사구, 해인 오빠 통영굴 좋아하잖아. 샀지?

물론이지.

모듬회에 매운탕에 아침 식사 거하게 기분 좋게 하는 세 사람.

우리 셋이 같이 식사 진~짜 오랜만이야 그치?

그러네.

우리들 세 엄마들은 하루가 멀다고 같이 식사해. 운동 끝나고 아침 식사부터.

앗, 아라 엄마도 권투 시작했어?

울 엄만 권투는 싫다고 아침에 한강변 런닝하고 아침 식사만 합류해.

스타벅스.

해인이 웃는다.

오빠가 아네. 체육관 락카에서 가끔 오빠 엄마가 나한테 물어봐. 우리 해인이 어느동네 사느냐고.

그거 너두 모르자나.

그래서 이렇게 대답하지. 매일 이른 아침에 남산둘레길 런닝한다고 하는 거 보면 장충동쯤에 사나 봐요.

경수가 웃는다.

해인 엄마가 권투 하루 빠지고 아침에 남산에 나타나실지도 모르겠네.

그럴 리가.

나타나서 뭐 하게.

야 너 데뷔한 거도 엄마한테 안 알린 거 아냐?

알렸지. 혹 캐스팅 제의 들어오면 빠지시라구.

맞아. 서로 불편할 거야.

예능프로 잘나가는 아버지한테는 아예 안 알렸어.

왜, 좋아하실 텐데. 공개하지 말라고 부탁하면 안 하실 텐데.

안 하시긴… 공개하지 말아 달라고 아들이 신신부탁하는데… 크음 하면서 공개하실 분.

그치그치~~

아라와 경수, 손뼉을 치며 웃는다.

오빠 엄마가 넘 좋아하셨겠어.

음. 우셨어.

아아!

아라와 경수, 같이 감탄하면 씩 웃는 해인.

우시는 거까진 이해가 가는데 울 엄마 담 말이 웃겼어.

뭔데.

이제 우리 해인이 장가가도 돼.

셋 다 까르르 웃는다.

석촌호수 둘레길 런닝하는 수진.

대모산 길 보폭 넓게 빠른 걸음으로 걷는 운오.

각각 애인의 숙제(매일 한 시간 이상 운동하기) 성실히 하고 있는 두 사람.

자기 삶을 사랑하는 사람은 반드시 규칙적인 운동을 한다.

자기 삶을 사랑하기를 포기한 사람은 운동부터 때려친다.

運動이란 글자 그대로 운동하면, 몸을 움직이면, 운이 돌아간다.

운동을 때려치면 운이 돌지를 않는다.

내 몸이 우주인데 우주의 리듬이 깨어지는 것이다.

지구가 절대 쉬지 않고 서에서 동으로 하루에 한 번 자전하면서 또한 태양의 둘레를 일 년에 한 번 공전하듯이

우리 심장도 쉬지 않고 움직이며 온몸에 신선한 피를 돌린다.

우주의 운행, 심장의 운행이 멈추면 죽음이다.

그러니

감사와 운동은 행복의 두 비결!

누군가에게 규칙적인 운동을 권하는 것은 그 사람이 자기 삶을 사랑하기를 바라서이다.

사랑하는 사람이 부탁한 운동을 하는 수진과 운오의 눈은 빛나고 뺨은 상기된다.

체육관 락카에서 중동 남자들이 얼마나 섹시한 지 강의하는 영애.

남자의 섹시함은 역시 경제력에서 나온다는게 강의의 핵심이자 결론임을 금방 파악하는 미숙.

근데 아까 아라가 왜 운동하러 왔다가 너만 보고 간 거야?

공장 일로 수산시장 가야한다며 자기 카드를 엄마한테 전해 달라며 주고 갔어?

카드? 왜?

지 엄마 카드가 긁으면 바로 지 아빠 폰으로 액수, 사용한 곳 바로 뜨는 지를 어제 알았다며 앞으로 자기 카드 쓰라며 전해달라네.

에고오 수진이 참, 병신도 상병신이네.

여자가 자기 자신의 경제력이 없으면 남자의 노예라는 말이 맞네.

동서고금의 진리지.

참, 영애야 이번에 나 요실금팬티 레이디 광고 찍은 거…

봤어. 반응 폭발이야. 나도 샀다.

그거 호성제지 제품이잖아.

그래? 몰랐네?

니가 얘기해 준 거 아냐?

크하하하… 뭔 얘기해 줘. 난 미술관 이외에 호성 일은 몰라.

이번꺼 하도 계약금 액수가 크고 일도 수월하게 진척되서 니 빽이라고 생각했는데.

연기자 생활 40년 하면서 40평 아파트 하나 달랑 있다고 나 등신으로 니 폰에 저장해놨잖아.

이번 토욜 제주 아라에서 우리 골프팀 넷 저녁을 등신이 사 그럼.

좋아. 안 그래도 김 변이야 물론이고 수진이 이혼에 공로가 큰 구현모 박사 식사 한번 대접하고 싶었는데 잘됐네.

토욜에 아라호텔 대연회장에서 한국척추신경외과학회가 있는데 닥터 구가 올해의 의료인상 인가받아. 그 축하 파티로 하자.

구 박 와이프도 올거 아냐?

닥터 민은 하필 그 날 친정아버지 팔순 잔치라 못 오게 되었다네.

아아 잘됐네~~

구 박 와이프 안 오는 게 뭐가 잘됐어?

아냐아.

뭐가 아니냐?

닥터 민 저녁까지 내가 안 사도 되니 절약이잖아.

절약 같은 소리하네. 닥터 구랑 수진이 애인 사이지?

앗, 어떻게 알았어?

아라한테 들었어.

우왕~~~ 그걸 아라가 안다고?

게다가 그거를 무서운 이영애 관장님한테 알렸다구?

똥그란 눈알 굴리는 미숙.

뭔 일이야. 아라가 지 카든 왜 엄마 주는 건데.

지 엄마가 애인을 위해 쓰는 돈을 남편이 알면 안 되니.

어머! 세상에…, 아라가 엄마와 닥터 구의 사랑을 이해하고 응원하는구나…

감동이다.

감동? 참 에미고 딸이고 한심해. 한마디로.

영애 넌 수진이가 유부남과 애인 사이가 된 거 이해는커녕 절대 용서 못 할 거 아냐.

이해구 용서구… 내 50년 절친이 그런 짓을 한다는 게 너~무 실망스럽다.

아무 죄 없는 닥터 민은 무슨 날벼락이냐구.

와이프가 무슨 죄를 지어서 남편이 딴 여자를 사랑하게 되는 거 아니라는 거 니가 잘 알면서 그런 소릴 하니.

수진이는 태어나서 처음으로 사랑이라는 걸 하는 거야.

나도 너도 수진이가 행복한 게 좋잖아.

처맞고 산다고 지 엄마를 '바보'라고 지 폰에 저장해 놓은 아라도 엄마의 첫사랑을 이해하고 응원하는데….

형, 첫사랑?

첫사랑 맞잖아, 우리가 12살 때부터 수진을 알아 왔잖아.

영애와 미숙이 스타벅스에서 수진에 대해 얘기 주고받는데 런닝으로 상기된 얼굴의 수진이 들어온다.

매일 아침 일찍 달리기하는 게 이렇게 즐거운 일인 줄 몰랐어. 말로만 듣던 러너스하이란 게 이런 거구나 싶네.

하루는 달리기, 하루는 우리랑 권투하는 게 어때. 하루 건너 한번 아라도 볼겸.

주먹으로 30년 처맞은 나에게 주먹으로 치는 거 해보라구? 싫어.

글구 아라는 바보 엄마 보기 싫어해.

아라가 아침 일찍 엄마에게 전해달라며 주고 갔어.

미숙에게서 아라의 카드를 건네받는 수진의 손이 파르르 떨린다.

나도 아라처럼 엄마의 사랑까지 이해해 주는 딸이 있음 얼마나 좋을까.

미숙이 내미는 카드 보고 더 놀라는 수진. 니 카드는 왜?

아라가 아빠와 상관없이 엄마 맘대로 쓰라지만 결국 카드 명세서 나오면 다 나올꺼 아냐.

니가 현모를 위해 쓰고 싶은 건 이걸로 썼음 좋겠어.

너의 첫사랑을 응원하고 싶은 내 마음으로 받아줘.

수진의 눈에 눈물이 맺힌다.

미숙아… 나 이거 언제 갚아?

갚기는… 그냥 기쁘게 주는 거야.

재판 이겨서 이혼 판결 나고 재산분할과 위자료 받으면 그때 이 카드만 돌려주면 돼.

아라한테 알리고 싶지 않은 용도도 있잖아.

수술 여섯 건을 연달아 하고도 녹초가 되기는커녕 펄펄 나를 것 같은 기분의 현모.

가운을 벗어 걸며 빙긋 미소까지 짓는데 아내 희경의 톡.

우리 동네 리베르떼라고 해산물 오마카세에 서로인 스테이크 넘 잘하는 집 있는데 당신 안 가봤지. 우리 오늘 거기서 와인페어링해서 저녁 먹자. 차는 집에 두구.

나 오늘 저녁 약속있어.

어머, 당신 평일에 절대 저녁 약속 안 잡자나, 누구야?

박수진 씨가 저녁 식사 초대했네,

재판 도와줘서 고맙다구 식사 내는구나아, 그럼 김민우 변호사도 같이겠네?

어어… 거짓말이 불편하지만 어쩔 수 없다고 생각하는 현모.

어디서?

청담동 뜨락이란 한정식집이네. 내비 보고 찾아가야 해.

어머 거기 디게 유명한 한우 숯불구이집이야. 연예인들 많이 오고. 박수진 씨랑 같이 산다는 탤런트 이미숙이 알려줬나 보다.

글쎄… 당신도 같이 갈래?

내가 거길 왜 껴어. 재판 얘기할 텐데. 글구 한우숯불구이 포함 한정식 셋트 일 인당 20만 원 하는 집이야. 초대 안 한 사람 끼면 욕하지.

욕할 사람 아닌데…

휴우~~ 진땀 난다. 거짓말은 참 불편하구만… 근데 나, 언제까지 아내를 속일 수 있을까.

날아갈 듯 즐거웠던 기분 다 사라지고 현모는 괴롭다.

아내에게 사실대로 털어놓으면 어떻게 될까. 아내의 반응을 상상하기조차 어렵다.

문득 프랑스 여자 감독 아네스 바르다의 영화 '행복'의 장면들을 떠올리며 현모는 진저리를 친다.

모차르트 클라리넷 5중주와 함께 떠오르는 너무나도 아름답고 너무나도 끔찍한 장면들.

모차르트 아다지오 앤 푸가와 함께 떠오르는 숨이 턱 막히는, 소름이 끼치게 비정한 평안함. 그리고 행복.

목수인 프랑수아가 양재사인 아내 테레즈와 두 아이와 함께 오후에 풀밭에서 낮잠을 즐긴다.

평화롭고 단란한 행복한 가족의 모습이다.

어느 날부터 에밀리라는 우체국 직원인 여자와 사랑에 빠지게 된 프랑수아.

남편의 유난히 들뜨고 행복해하는 모습에 의아했던 아내 테레즈.

오후 풀밭 위, 두 아이가 잠든 편안한 휴식 시간에 프랑수아는 자기가 새로운 사랑에 빠져 너무 행복하다며 그렇다고 해서 아내 테레즈에 대한 사랑이 없어진 건 아니라고 말한다.

사실을 이실직고해서 후련해진 프랑수아는 편안히 낮잠에 빠져든다.

낮잠 잘 자고 일어난 프랑수아, 연못가에 사람들이 몰려있어 다가가서 본다.

연못에서 아내 테레즈의 시신이 들어 올려지고 있다.

프랑수아는 아내의 시신을 껴안고 울부짖는다.

음악이 모차르트 클라리넷 5중주에서 모차르트의 아다지오 앤 푸가로 변하면서….

모두의 예상을 뒤집어엎는 상황 전개.

'행복'이란 영화의 제목에서 서로 사랑하는 부부와 두 아이의 편안한 풀밭 위의 휴식을 떠올렸던 모든 관객을 경악시킨 라스트 씬.

테레즈의 자리에 에밀리가 있는 것만 빼고는 테레즈의 죽음 이전과 조금도 다르지 않게 단란한 모습의 네 식구가 숲속을 걷고 있다.

평화롭고 행복해 보이는 네 식구의 뒷모습에서 '행복'이란 영화가 끝난다.

프랑수아는 자기의 새로운 사랑 고백이 아내 떼레즈를 얼마나 괴롭힐지는 생각도 하지 않은 것이다. 그러니 고백하고 평소처럼 낮잠에 빠져들 수 있는 것이다.

오직 자기감정에만 충실한 소름 끼치게 이기적인 남자 프랑수아.

그가 아내 떼레즈를 조금도 사랑하지 않는 것은 분명하다.

에밀리를 사랑하게 되었지만, 아내 떼레즈도 여전히 사랑한다는 프랑수아의 말은 거짓이다.

영화 '러브스토리'의 명대사처럼

Love means never having to say you are sorry.

사랑은 상대방에게 미안하다고 말해야 할 일을 '절대로' 하지 않는 것을 의미한다.

'러브스토리'에서 올리버가 아버지 전화로 인해 화가 나서 제니에게 돌발적인 행동을 해서 제니가 집을 뛰쳐나갔다.

길모퉁이에 쪼그리고 앉아 울고 있는 제니를 향해 올리버가 '미안하다'고 말하자 제니가 한 말이다.

상영 당시 이 제니의 대사에 '사랑은 미안하다고 말하지 않는 거예요'라고 엉터리 자막이 나와 참 어이가 없었다.

제니의 이 대사는 결국 '올리버, 당신은 나를 사랑하지 않아요.'라는 의미이다.

제니는 그래서 운 것이다.

올리버가 홧김에 돌발적인 폭력을 써서 운게 아니고 올리버가 자기를 사랑하지 않는다는 것을 알고 뛰쳐나가 울고 있는 것이다.

올리버의 미안하다는 말은 제니에겐 올리버의 사랑이 끝났음을 고백하는 것이다.

올리버가 제니를 사랑한다면 올리버가 아무리 화가 났어도 그런 돌발적인 폭력을 절대로 쓰지 않았을 것이기에 제니는 절망한 것이다.

아내가 아닌 다른 여자를 사랑하는 것만큼 아내에게 미안한 일이 있을까.

미안하다고 말하든, 안 하든, 못 하든, 아내가 아닌 다른 여자에게 사랑을 느낄 때 이미 아내에 대한 그의 사랑은 끝장이 난 것이다.

그러니까 프랑수아의 고백은 떼레즈를 더 이상 사랑하지 않는다는 고백이다.

테레즈의 절망은 투신자살로 표현되었다.

168

테레즈는 남편의 사랑에 목숨을 걸었던 것일까.

그래서 남편이 자기를 더 이상 사랑하지 않는 것을 알자, 절망 속에 자살한 것일까.

자기에게 비수로 심장을 찌르는듯한 말을 하고 편안히 낮잠에 빠져든 남편 프랑수아가 떼레즈는 얼마나 원망스러웠을까.

테레즈는 그런 프랑수아를 죽이는 대신 그런 놈을 사랑한 한심한 자기 자신을 살해해 버린 것일까.

신경정신과 의사인 아내 희경은 테레즈의 자살 행위를 어떻게 분석할까.

현모가 희경에게 수진을 사랑하게 되었다고 이실직고한 순간 희경은 어떤 반응을 보일까.

분노, 절망, 증오, 반격… 거기까진 예상이 되지만 그 이후는 짐작조차 되지 않는다.

그러나 적어도 테레즈처럼 자살하지는 않을 것이라는 확신은 있다.

나의 사랑을 받고 안 받고에 자기 일생을 걸 사람은 아니다.

그러나 희경이 나의 새로운 사랑으로 인해 지독하게 불행해지는 건 확실하다.

희경이가 불행해지는 것은 절대 원치 않는다.

그러니 이실직고할 수는 없다.

그러면 나는 나의 새로운 사랑을 감추고 희경이를 계속 사랑하고 있는 것처럼 거짓 행동을 해야 할까.

과연 내가 그럴 수 있을까.

언제까지 그럴 수 있을까.

그러는 도중 희경이가 사실을 알게 되면 분노, 절망, 증오는 더욱더 커질 것이다.

희경이는 더욱더 불행해질 것이다.

고민하면서 내비 지시를 따라 운전해서 청담동 '뜨락' 주차장까지 온 현모.

'이층 무궁화실입니다. 기다리고 계십니다.'라는 직원의 말에 현모는 계단을 빠르게 오르며 가슴 속에 먹구름이 싹 걷히며 오직 수진을 빨리 볼 기대로 가슴이 벅차오르는 걸 느낀다.

혼자 리베르떼의 이층 계단을 오르는 희경.

세프 경수가 유난히 반갑게 희경을 맞아 희경의 단골 테이블로 안내한다.

아버진 좀 어떠셔?

선생님께서 말씀해 주신 특효약 덕분에 아주 좋아지고 있어요.

운동을 시작하셨다면 약이 듣기 시작한 건데….

매일 아침 러닝을 시작하셨어요.

굿!

엄지척하는 희경.

오늘 남편하고 꼭 같이 오려 했는데 선약이 있다네.

이때 홀로 나란히 들어서는 미숙과 민우.

현모가 프라하 간 동안 민우가 희경의 진료실에 와서 수진의 진단서 카피를 가져갔기 때문에 김민우 변호사 얼굴을 기억하는 희경.

민우와 희경, 서로 인사하고, 직원의 안내로 구석 창가자리 테이블에 앉는 미숙과 민우.

박수진 씨 주치의인 구현모 박사님 와이프예요.

으악 하는 미숙.

신경정신과 닥터 민희경. 수진에게 들어서 알고는 있지만 얼굴보기는 처음이다.

저렇게 젊고 예쁘고 똑똑한 닥터 부인을 두고 남편한테 주구장창 처맞기나 하는 늙은 전업주부에게 빠지다니….

그렇게 사랑은 불가사의이고 불가항력일진대 민우 애는 사랑에 조건을 붙이는 걸 보면 사랑을 모르는 애, 뜨거운 사랑에 빠져보지 못한 애인 것이다.

민우가 내건 조건에 백퍼 동의하는 미숙 나 역시….

그나저나 지금 '뜨락'의 한우구이 숯불 불판에 마주 앉아 있을 수진이와 현모는 얼마나 행복할까.

부럽네.

저기 앉은 예쁜 의사는 감히 상상도 하지 못할 쇼킹 씬, 남편이 들어간 투 샷 컷이리라.

가슴 아프네.

미숙이 그런 생각을 하며 희경을 돌아보는데 희경이 고개를 푹 숙이고 있다.

자리에서 벌떡 일어나는 희경.

경수에게 급한 환자 콜이 있다고 하고 리베르테를 뛰어나간다.

어둠이 내린 길을 걸어가면서 희경은 생각해 본다.

환자가 주치의에게 저녁 식사 대접할 수 있는 거지.

주치의를 꼭 자기 변호사랑 나란히 앉혀놓고 저녁 대접할 필욘 없는 거지.

희경은 길모퉁이에서 폰을 꺼내 퇴근 무렵 현모와 주고받았던 톡을 살펴본다.

'맞아. 현모가 먼저 변호사랑 같이라고 하지 않았어, 내가 변호사도 같이겠네?'라고 하자 '응'이라고 한 것뿐이지.

실지로 현모가 변호사도 같이 초대되었다고 생각해서일 수도 있지.

미소를 지으며 폰을 닫는 희경.

'아유우~~ 배고파'하며 불 켜진 중국집에 들어가 볶음밥에 군만두 시켜 맛있게 먹는다.

'뜨락'의 아늑한 특실

안심을 구웠던 숯불이 치워지고 과일과 샤벳, 매실차의 디저트가 차려진 식탁.

여자 환자의 저녁 식사 대접을 받아보신 적이 있어요?

처음입니다. 근데 제가 부탁드린 대로 운동을 매일 하시는지 궁금합니다.

매일 새벽 단 하루도 안 빠지고 석촌호숫가 런닝을 한 시간 동안 단 한 번도 쉬지 않고 하고 있어요. 알려주신 골프연습장엔 하루 걸러 한 번 가서 레슨 열심히 받구요.

박수치는 현모.

김 프로한테 박수진 씨가 아~주 모범 학생이란 보고를 받았어요.

어머, 정말요? 저도 궁금한 게 있어요.

뭡니까.

현모 씨 주민등록증에 어떤 사진이 붙어있는지 궁금해요.

쭝까라구요?

쭝까가 뭐예요?

빙긋 웃으며 얼른 지갑 꺼내 주민등록증을 건네는 현모.

수진은 얼른 주민등록증 앞번호의 생년월일 숫자를 외우고 돌려
준다.

여기 사진의 얼굴도 멋있네요.

주민등록증을 지갑에 넣으며 큰 소리로 웃는 현모.

저는 수진 씨 주민등록증 사진이 전혀 안 궁금한데요.

왜요?

생일 언젠지 아니까요.

두 사람 큰 소리로 웃는다.

리베르떼 특실

해인과 아라 둘만의 해인의 드라마작가 데뷔 축하연.

경수가 특별히 준비한 시푸드 요리와 서로인 스테이크를 먹으며
샴페인과 레드 와인 한 병, 화이트 와인 한 병을 즐긴 해인과 아라.

화장실 다녀온 아라가 해인 오빠 축하할 일이 또 있는 것 같네.

뭔데?

해인 오빠 엄마랑 우리 엄마 변호사랑 사귀고 있는 거 같아.

엥? 어떻게 알아?

지금 두 분이 여기 홀에서 데이트 중이야. 구석 자리에 계시기에

내가 모른 체 했지.

무안하실 거 같아서.

하하… 무안해할 게 뭐 있어서.

법률 조언이든, 방송 일이든 일 땜에 만나 저녁 먹을 수도 있는 거지 왜 사귀고 있다고 생각하는 거냐.

김 변이 팔찌를 주고 오빠 엄마가 그걸 차면서 좋아하시는 현장을 목격한걸?

일 땜에 만난 사이에 팔찌를 주고받을까.

게다가 딱 보니 둘 다 사랑에 빠진 사람의 표정이야.

하하 멀리서 잘도 봤군.

오빠, 누가 나한테 사랑에 푹 빠져서 저녁 초대해서 팔찌를 불쑥 내밀면 얼마나 행복할까.

해인, 웃는다.

사랑에 빠진다. 영어로 Fall in Love 그 표현이 딱 맞는 거 같아.

길을 가다가 의도치 않게 구덩이에 푹 빠지는 거처럼 일종의 사고 같아. 교통사고 같은 사고, 사건.

나의 의지와 상관없는 운명 같은 것.

구덩이에 빠지는 게 운명이라구?

불가사의고 불가항력이야.

어떤 남자가 그렇게 불가사의하고 불가항력적으로 나한테 푹~~ 빠져 정신없이 헤매는 걸 꿈꿔. 아니 기다려.

하하 기다린다고? 구덩이 속에서?

엉.

No way,

왜?

꿈꾼다고 기다린다고 되는 일이 아니니까 운명이라는 거야. 사
랑은.

진짜? 그럼 어떻게 해야 하는 거야?

몰라. 그건 아무도 알 수 없는 일이야.

새 와인병을 들고 와 따주며 경수가 한마디 한다.

우리 아라 고정 레퍼토리 시작인가 보네.

엄머? 내 고정 레퍼토리가 뭔데?

어떤 미친놈한테 미친 사랑 받아보고 싶다는 거 아냐?

아이 씨이.

고정 레퍼토리구나. 설마 주방까지 들린 건 아닐 테구.

아라는 자기 같이 예쁜 여자에게 푹 빠지지 않는 남자를 무조건 게
이라고 확신하지.

게이는 아무리 예쁜 여자라도 쿨하게 대하니 자기에게 귀찮게 하
는 데 익숙한 예쁜 여자들은 더 몸이 달아 안달복달 좋아하더라.

예쁜 여자의 비극이야.

어 말 잘했어, 경수 오빠. 나 오빠 둘… 의심하고 있어 실은.

해인과 경수, 똑같이 웃음을 터뜨린다.

우리가 게이 사이라고?

아니 각각.

너한테 빠져서 죽구 못살지 않음 다 게이라는 거야?

내 말이… 해인이 맞장구치며 웃는다.

오늘 아라가 해인이 축하는 자리라서 내가 좀 비싼 와인 땄어. 괜
찮지, 아라야?

괜찮고말고. 더 비싼 거 가져와 오빠.

경수가 따라준 와인잔 경수에게 내미는 아라.

경수 오빠 이거 한잔만 하고 나가. 내가 사는 비싼 축하주잖아.

나 근무 중이야 임마.

아라 머리에 꿀밤 한 대 때리고 나가는 경수.

아라. 와인잔 들며 해인에게 방긋 웃는다.

원래 와인 건배는 잔을 부딪치는 거 아니래.

그럼 무얼 부딪치는 거야?

눈.

엥?

이렇게 살짝 각자 자기 잔을 살짝 들어 올리며 서로 다정한 눈빛을 부딪치는 거래.

눈맞춤이네. 잔 맞춤이 아니고.

자 우리 해보자 눈맞춤.

좋아.

둘이 와인잔 살짝 들어 올리며 눈맞춤하는 두 사람.

좋네 하하

오빠 눈빛이 별로 다정하지는 않네.

미안.

이 잔부터 내 와인 적정 주량을 넘겨서 눈빛이 몽롱해졌어. 다정이 아니라.

오빠 몽롱한 눈빛이 어지간히 섹시하당.

순간 와인 뿜는 해인.

피같은 내 돈으로 사주는 비싼 와인을 왜 뿜는 거야.

고만 웃겨라.

오빠는 사랑에 빠져본 적 있어? 남자든 여자든.

지금 내가 사랑에 빠져있어. 물론 여자고.

어쩐지….

순간 아라의 얼굴에 먹구름일듯한 절망감.

아라, 잔을 들어 올린 손이 바르르 떨리는 거 인식하고 잔을 내려
놓는다.

그렇구나. 근데 사랑에 빠지게 됐다는 걸 어떻게 알지? 궁금해.

그건… 아침에 눈 뜨자마자 그 사람을 생각하게 되어서 종일 생각
하고 잠들기 직전에도 생각하고 어떨 땐 꿈에도 나타나는 사람이 있
으면 그런 거지.

그렇구나아~~

아라는 생각한다.

내가 해인 오빠한테 사랑에 빠져있구나.

오빠, 내가 사랑에 빠져있는 사람이 다른 사람과 사랑에 빠져있다
면 어떨까.

그럴 수도 있지 않아?

해인 얼굴에 고통의 그림자가 드리워진다.

그럴… 수도 있겠지.

그럼 어떨까 오빠.

지금 오빠가 사랑하는 사람이 다른 사람과 사랑에 빠져있다면.

그건… 지옥일 거야. 생각하기도 싫어.

와인잔 가득 따라 원샷하는 해인.

해인의 잔에 와인 따르며 중얼거리는 아라.

나 지옥에 있는 거네. 그치?

난 지옥에 있지만 해인 오빠가 지옥에 있는건 싫어.

내가 사랑하는 해인 오빠가 행복하기를 원해.

갑자기 활짝 웃는 아라.

지금 오빠가 사랑하는 여자가 오빠 아닌 다른 남자를 사랑하는 일은 절대 없을 거야.

야! 절대가 어딨냐 이런 일에.

있지. 해인 오빠는 절대 사랑스러운 남자니까 그런 일은 절대 없어.

고맙다. 아라야.

내 작가데뷔를 이렇게 거창하게 축하해 주고

뭐 이게 거창해.

내 사랑을 응원해 줘서….

으음.

억지 미소로 입가에 경련이 일어나는 아라.

얼른 와인 마신다.

아라도 누가 사랑해 주길 기다리지 말고 아라가 그냥 사랑에 빠져서 행복했으면 좋겠다.

사랑하면 있잖아…. 그 사람한테 사랑받을 가치 있는 사람이 되기 위해서 엄청나게 자신을 성장시키려고 애쓰게 돼. 일도 더 잘하게 되고, 돈도 많이 벌고 싶어지고.

아아 그래서 오빠가 예상보다 훨씬 더 빨리 프로작가가 되고 돈도 많이 벌게 된 거구나.

그런 거 같아. 아무래도.

'내가 꼭 그래 오빠. 오빠 때문에 나… 회사 일 디게 열심히 하게 되.'라고 하고 싶은 이 말을 와인과 함께 삼켜버리는 아라.

아라의 두 눈에 눈물이 맺혔다가 후드득 떨어진다.

와인 마시는 간간이 손목에 찬 팔찌를 보는 미숙.

맘에 드시는지 모르겠네요.

반 클리프 앤 아펠 팔찌 맘에 안 들어 하는 여자도 있나요?

제 사무실에서 상담할 때 박수진 씨가 계속 그 팔찌를 만지작거리길래 함께 사시는 미숙 씨께 같은 걸 사드리고 싶단 생각이 들었죠.

내가 부러워할 것 같아서요?

네. 그래서 아까 내가 그거 드리니 팔에 채워달라고 하신거 아닌가요?

이왕 주는 거 좀 채워주면 어때서 본인이 차세요. 그러는 거예요.

하하 사랑의 표시로 오해하시면 곤란하니까요.

그럼, 뭐의 표시인데요?

아부요.

부탁이 있군요?

네.

뭐죠?

제가 셀렙카페에서 처음 뵙고 저의 어머니가 찐팬이라며 같이 셀카 찍자고 부탁했잖아요.

하하 그랬죠. 아인슈페인 한 잔 재빨리 사더니….

엄마가 나한테 엄지척 이모티콘 보내고 아버지한테 보여주며 자랑했는데 문제가 생긴 거예요.

아버지도 이미숙 찐팬? 근데 문제가 생긴 게 뭐죠?

며칠 전 퇴근 무렵 아버지가 제 사무실로 찾아와서 무교동 대폿집을 가자는 거예요.

1970년대 직장인들 퇴근 후 한잔하던 명손데 그게 아직도 있나요.

네. 같이 막걸리랑 해물파전 먹다가 아버지가 느닷없이 이미숙계 얘길 하시는 거 있죠.

이미숙 개? 내가 개?

멍멍개가 아니구 계모임, 곗돈, 계주할 때 계요.

내가 무슨 계를 들었다는 거예요?

이미숙 좋아하는 아버지 친한 학교 동창들이 계를 조직해서 한 달에 한 번 그달에 계 탄 사람이 이미숙 씨를 만나서….

미숙, 갑자기 식탁을 탕탕 치며 웃는다.

아버지, 경기고등학교랑 서울대 나오셨죠?

네.

어머어머 그니까 그게 계였구나아, 하하….

대기업 CEO들이 한 명씩 한 달에 한 번 나하고 하얏트 호텔 프렌치 레스토랑에서 저녁 식사하며 재밌게 대화하고 명함과 자기 회사 소개 책자와 함께 후원금 봉투가 든 큰 서류봉투를 건네주었는데 에고오. 그게 그러니 매달 꼬박 돈 부어서 그달에 계 탄 돈이었네요. 어머나아! 세상에.

하하 그래서 좋은 일 생김 계탔다고 그러나 봐요.

저의 아버진 대우상사 무역부장이셨죠.

하하 그 명함들 계속 갖고 있었어요. 혹시 나한테 필요한 일이 생길까 해서요. 그럴 일은 없었지만요, 김 머시기고 대우면 지금 찾아보면 성함도 알 수 있겠네요.

웃던 민우의 얼굴에 살짝 의심이 스친다.

저녁만 먹었나요?

아뇨, 와인도 마셨죠.

가만있어봐 얘 지금 무슨 생각하는 거야, 엉?

픽 웃는 미숙,

하하 40년도 넘은 얘기니 그 계원들은 대충 80대, 돌아가신 분도 더러 있겠네요.

네, 아버지 절친들 더러 많이 돌아가시고 살아계셔도 아픈 분이 많아요,

퇴근 무렵 아들 사무실 찾아와 같이 파전에 막걸리를 즐길 정도면 아버님은 쌩쌩하신 거네요.

제 아버지의 부탁은 그 이미숙 씨와 이제 저녁이 아닌 점심을 한번 먹으며 옛날처럼 즐거운 대화를 나눌 수 있게 제가 힘을 쓸 수 있을까였어요.

그래서 힘을 쓴다고 이 팔찌를 사게 된 거군요?

네, 아버지한테 이젠 새로 계조직할 계원도 명함도 와인도 후원금 봉투도 없으니까요.

제가 찍은 우리 셀카 사진 다시 보자더니 아버지가 아 이 사람은 그대로네. 여전히 예쁘구나!

신기하다. 그러셨어요.

미숙, 까르르 웃는다. 켁, 화장빨인데….

제가 화장빨이라고하니 아니라고 하셨어요.

화장빨도 성형빨도 아닌 원판이 예쁜 사람이래요.

에고오. 눈썰미 한번 정확하시네.

그 사진으로 인해 아버지가 자기 화양연화 시절, 좋아하는 배우와 저녁 식사 했던 너무나도 즐거운 기억을 떠올린 거까지는 좋았는데 혹시 다시한번 딱 한 번만 그런 시간을 가질 수 있을까 하는 무리한 욕망이 생긴 게 문제인 거죠.

무리한 욕망 맞네요.

그러게요. 이제 계원도 명함도 후원금도 없으니 내게 부탁해보잔 아이디어를 내신 거죠.

그 계를 조직한 분이 아버님, 그러니까 아버님이 계오야, 즉 곗돈 일 번 타자였겠네요.

그렇대요. 참, 미숙 씨께 어지간히 반했나 봐요.

미숙, 얼굴 가까이하며 빤히 민우의 얼굴을 들여다본다.

왜요.

민우, 머쓱해서 뒤로 상체 빼는데

이 얼굴 비슷하게 잘생긴 일 번 타자 얼굴이 떠오르네요. 하하

아버지 많이 닮았죠?

나는 모르겠는데 남들이 그래요. 닮은 게 아니라 똑같다고.

미숙 씨는 현역이고 아버지는 퇴역이니 날짜는 언제도 좋으니 미숙 씨가 잡아주시고 장소는 하얏트가 아니고 한우구이정식집 뜨락, 저녁이 아니고 점심입니다. 와인이 아니고 매실차구요.

거절하셔도 팔찌는 그대로 킵 하셔도 됩니다.

지금 내가 스케줄 수첩을 안 갖고 있거든요. 집에 가서 체크하고 날짜 알려드릴게요.

감사합니다.

근데 무슨 얘길 하면 좋을까요. 옛날처럼 즐거우셔야 할 텐데… 무슨 얘길 했는지 기억 안 나요.

그건 아버지도 마찬가질 겁니다.

디게 좋아했던 배우와 단둘이 마주하고 식사하며 상상외로 많이 웃고 즐거웠던 시간을 마지막으로 한 번만 더 가져볼 길이 있을까 연구를 거듭한 끝에 제 사무실을 찾아오셨나 봐요.

미숙, 가만히 민우를 쳐다본다.

아버지께서 혹시…?

지금 생각하고 계신 거 맞아요. 근데 80세 넘으면 누구나 다 마찬가지 아닐까요?

쇼핑백을 들고 거실로 들어서는 현모.

디올 파우치네? 파우치 들어보고 속을 열어보는 희경.

사모님 선물이래.

이건 당신 선물이구? 아, 제냐 넥타이네. 색깔 좋다.

비싼 선물했네. 이 파우치만도 삼백만원 하는 디오르 신상이야.

줄도 없는 조그만 백이 그렇게 비싸?

백이 아니구 화장품같은 거 넣어 백 안에 넣어 다니는 주머니 같은 거야.

잘 됐다. 난 이천 원짜리 다이소 것 쓰는데. 비닐.

일제야 다이소?

아니, 생활용품 싸게 파는 다이소란 가게 있잖아.

아 다이소.

넥타이의 예쁜 한지 포장지와 은색 리본 살펴보는 희경.

근데 당신 이 제냐 타이. 꼬오옥 당신이 매야 하는 거 아니면
내가 꼬오옥 매야 할 거 뭐있어?

이번 토요일 울아버지 팔순 잔치에 선물로 드림 어때?

아버지가 제냐 넥타이 좋아하시잖아. 내가 선물 사러 갈 시간도 없
는데….

그렇게 해.

좋아, 이 제냐 넥타이는 내가 드리는 아빠 선물이구 당신 선물은
이번에 당신이 올해의 의료인상 수상이래.

그게 무슨 선물이 돼.

아빠가 그랬어. 팔순 잔치 제자들이 벌인 거 아님, 이번 토요일에
아라호텔 당신 시상식에 가고 싶다구.

희경이 말하는 도중 자기 서재로 들어가 버리는 현모.

닫히는 서재문 보다가 고개 갸웃하고 넥타이 포장 조심스럽게 다
시 하고 은빛 리본 감쪽같이 다는 희경.

남편한테 맞고 살아도 돈은 맘대로 펑펑 쓸 수 있나봐. 돈 한 푼 안
버는 전업주부라도….

희경, 중얼거리며 샤넬 파우치 속을 이리저리 본다.

진품 확인서까지 있네. 이건 엄마 드려야겠다. 난 다이소 비닐 파
우치 그대로 쓰고….

샤넬 로고 있는 쇼핑백 들고 자기 서재로 들어가는 희경.

온 얼굴에 얇은 오이 슬라이스 깔고 운동장같이 넓은 거실 안락의
자에 비스듬히 기대 누운 영애.

이번 토요일 아라호텔에서 오프닝하는 김정아 개인전 리셉션에 민

우를 참석시켜야겠다고 마음먹고 미소 짓는다.

김정아야말로 민우가 원하는 여친 조건에 딱 맞는 여성 아닌가.

슬쩍 힌트를 주자 이미 선물을 사두었다며 기대에 찬 민우 얼굴을 떠올리는 영애.

일단 첫날 김정아 작품 한 점을 구입하라 하니 자기 사무실이 호성 미술관 분실이 되겠다며 엄살떨더니 여친 소개비란 생각이 들었는지 '알겠습니다'로 마감.

머리 잘 돌아가는 아이다. 소개할 여친이 바로 김정아란건 생각도 못하고 있겠지.

영애는 입가의 오이슬라이스를 다독이다가 무릎 위에 놓인 폰에서 남편 카톡을 본다.

애기 좀 하지. 거실로 내려갈게.

얼굴에 오이 붙이고 있어서 지금 대화는 곤란해. 30분 후 가능.

30분 후는 운동 나가. 지금 내려갈게. 당신은 말할 거 없어. 듣기만 하면 돼. 오이 안 움직여.

계단 내려와 안락의자 맞은편 소파에 앉는 운오의 기척을 느끼며 눈 감는 영애.

우리가 대화다운 대화라는 걸 해본 게 언제였던가. 기억도 없다. 지금도 이 인간은 나는 말할 필요 없고 혼자 말하겠다고 내려와 앉아 있지 않은가. 뭔가 통고라도 하겠다는 걸까.

이혼을 언급하면 오이고 뭐고 다 쓸어 날리고 어퍼컷 혹으로 아구통을 날리리라.

내가 두 가지를 말할 테니 당신은 내 말끝마다 음 음 두 번 하면 끝이야.

음(지랄!)

당신이 그렇게도 싫다는 이혼제의, 앞으로 언급조차 하지 않을 테니 한 가지만 약속해 줘.

음.

내 여친에게 절대 신체적 위해를 가하지 않겠다고 약속해 줘.

발딱 똑바로 일어나앉아 운오를 노려보는 영애.

내 여친? 사귀는 여친 있어? 누구야?

누구든.

벌떡 일어나 운오가 앉은 맞은편 의자에 앉는 영애.

얼굴에 오이슬라이스가 후드득 떨어지는데

약속해 줘. 부탁이야.

영애, 빽 소리 지른다.

못 해!

동시에 튀어 오른 영애, 운오의 턱에 강력한 오른손 훅을 넣는데 영애의 그 오른 손목을 꽉 움켜잡는 운오.

운오의 손에 힘이 들어가자 고통스러운 표정 짓는 영애.

팔목의 통증보다 마음의 통증이 더 큰 영애.

영애의 두 눈에 눈물이 가득 맺혔다가 이내 주르르 흘러내리자, 영애의 손목 탁 놓고 돌아서 가버리는 운오.

사랑이라곤 1도 없는 남편의 행동에 새삼 소름 끼치는 영애.

내 여친에게 신체적 위해를 가하지 않는다고 약속하라고? 그게 엄연히 법적 부인인 나에게 감히 할 수 있는 소리인가.

여친? 내 여친? 그건 법적 싱글인 남자들만 쓸 수 있는 호칭 아닌가?

유부남, 기혼남의 여친은 상간녀일 뿐이다.

여친, 좋아하시네.

상간녀는 당연히 응징되어야 한다. 주먹세례뿐 아니라 금융치료도 받아야 된다.

홈 바에서 화이트 와인을 마시며 영애는 일단 권투 실력을 늘려야 겠단 다짐을 한다.

법은 멀고 주먹은 가깝다.

문득 영애는 역시 상간녀가 된 절친 수진을 생각한다.

남편한테 얻어 처맞는 병신에 상간녀라… 마음이 복잡해진 영애, 화이트 와인을 한 잔 더 따라 마신다.

영애는 자기 미술관의 단골고객인 닥터 민, 상간남 현모 와이프의 얼굴을 떠올린다.

민 희경, 아~무 죄없이 날벼락 맞네. 나처럼.

영애는 사랑에 빠져서 감정 절제를 못하고 몸뚱아리를 함부로 굴리는 인간을 경멸한다.

그런데 내 남편 운오가 그렇고 내 절친 수진이 그렇다는게 넘 가슴 아픈 영애.

에이 C8!

와인 또 한 잔 들어간다.

권투도장

체육관장님이 미술관장님을 지도한다.

어느 쪽 손목이 잡혔습니까?

오른쪽요.

오른 손목을 잡힌 순간 곧바로 왼손 훅을 날려야죠.

공격하다 잡혔단 생각에 매이면 안됩니다. 관장님.

알겠습니다. 관장님.

관장과 함께 복싱 미트를 가지고 공격과 방어 즉시 재공격의 여러
가지 경우의 수를 연습해 보는 영애.

미숙이 팔짱 끼고 흥미롭게 지켜보고 있다.

남편 치다 잡혔구먼.

한강 변 달리는 운오.

석촌호숫가 달리는 수진.

남산 둘렛길 나란히 달리는 해인과 경수.

가운 입고 입원 환자 회진 도는 현모.

진료실에서 구석에 걸어놓은 가운 걸치고 간호사가 가져온 외래환
자파일 보는 희경.

호텔 헬스장에서 엄청난 속도로 자전거 타는 영조.

자전거 바퀴 돌리며 연신 주변을 살펴본다.

PT에게 웨이트 트레이닝 지도받는 영조.

동작하면서도 연신 주위를 살핀다.

근데 회장님 신제품 모델 나가신다는 거 진짜예요?

그렇다니까.

제품이 뭡니까. 부회장님 모델이신 조은라면은 아닐 테고.

짜장면이야. 조은컵짜장.

아아 좋습니다.

짜슐랭인가 하는, 격투기 선수 추성훈이가 모델하고 있잖아요.

빙긋 웃으며 자기 머리 쓰다듬다가 휙 뒤로 넘기는 영조.

얼굴이야 내가 추 성훈이보다 훨~~낫지.

아 그럼요.

식스팩 초콜릿 복근만 만들면 되겠는 데 얼마나 걸릴까.

매일 단련하시고 알려드린 대로 식단 조절하시면 약 3개월이면 됩니다. 회장님은 기본은 이미 되어있으시니까요.

근데 누구 찾으세요?

앉아서 상체근육 운동하고 있는 여경의 뒷모습 발견하고 달려가는 영조.

어디 가세요?

영조, 여경의 옆으로 가 자기 팔뚝 앞으로 내미는데 놀라는 일본여자.

아라, 난데스까.

고맹, 시쯔레이 이따시마아스.

영조, 공손히 절하고 돌아서는데

여자, 활짝 웃는다.

니혼노 가따데스까?

이이에, 간꼬꾸징데스.

여전히 주위를 둘러보며 PT에게 다가오는 영조.

고개 갸웃, 왔다 가셨나? 운동 매일 한다더니.

빨리 오세요. 무산소 운동은 중간에 쉬면 안 됩니다. 회장님.

운동 계속하는 영조,

시선은 앞으로 고정해 주세요.

내 눈깔 위치야 상관있나?

상관있습니다. 회장님.

사우나실에서 나와 면 가운 입고 귀 파는 영조.
직원들 수군거리는 소리에 돌아본다.
누가 또 쓰러져?
여자사우나실에서 작가님이 쓰러져있었다네요.
귀파던 솜막대 던지며 탈의실로 뛰어가는 영조.

회진 마치고 진료실로 걸어가다 깜짝 놀라 걸음 멈추는 현모.
코너를 돌아 다가오는 휠체어에 앉아 있는 수진.
또 맞으셨나. 이제 조 영조를 내 손으로 죽여버릴 테다.
주먹을 꽉 쥐는 현모.
일순, 현모가 앗, 하고 숨이 멎는데 다가오는 수진, 현모에게 희미
한 미소를 지어 보인다.
수진을 많이도 닮았다. 근데 수진보다 훨~~못생겼다.
휠체어 미는 간호사가 현모에게 목례하고 지나간다.
어머머… 저 의사 선생님 내가 좋아하는 탤런트 이서진이랑 너무
닮았네요.
가끔 듣는 소리다. 그래서 미소를 지었군.
현모가 모퉁이를 도는데 희경이 뒤에서 "여보" 하고 부른다.
휙 돌아보는 현모, 활짝 웃는 희경에게 짜증 난 소리로 내뱉는다.
병원에서 웬 여보야!
그리곤 휙 돌아서 빠른 걸음으로 가는 현모.
희경, 어이없어 우뚝 선다.

왜 저러지? 무슨 안 좋은 일 생겼나?

고개 갸웃하다 가운 주머니에 두 손 넣고 가던 길 가는 희경.

남편에게 용건은 없었다, 뒷모습도 멋진 내 남편을 병원에서 발견하고 반가워 여보라고 했을 뿐. 그냥 미소 한 번이나 손 한 번 흔들어주고 가면 안 되나?

20년 같이 살면 남편은 다 저렇게 되나? 같은 침대에 자면서 섹스는커녕 안아주기라도 한게 언제인지 기억도 없다. 섹스 불능이 된 걸까?

강의 때문에 가운을 벗고 노트를 챙기며 희경은 가슴이 문득 서늘해지는 걸 느낀다.

다들 그렇게 살고 있을까? 그런 걸 물어볼 언니도 가까운 친구도 없다는 생각에 희경의 가슴은 서늘하다 못해 살짝 살얼음이 낀다.

현모의 막무가내 왕찐팬인 엄마 아버지에겐 말도 못 꺼낸다.

부부심리 상담사들 세미나에서 특강씩이나 하는 내가 풋 하고 웃음이 나온다.

강의실로 향하는 희경의 머릿속엔 강의 내용이 아닌 엉뚱한 의문.

만일, 만에 하나, 현모가 나 아닌 어떤 다른 여자를 사랑하게 되었다면? 그 여자와 섹스하는 애인 관계여서 나에게 쌀쌀하고 나를 안지조차 않는 거라면….

희경은 몸서리를 치며 발을 멈춘다.

그 여자를 죽이고 나도 죽을 테다.

전류 통한 듯 온몸의 살을 덜덜 떠는 신경정신과 민 희경 박사.

교수님. 안녕하세요?

훤칠한 키의 학생 하나가 반갑게 인사하고 지나가는 바람에 제 정신으로 돌아온 희경.

심호흡 한번 크게 하고 강의실 문을 연다.

병원

간호사가 '윤여경 씨 보호자분!'

하자 '예'하고 손 번쩍 들고 일어나는 영조.

간호사, 서류 몇 개 주며 '수납하시구요.'

병원 식당

식사 트레이 들고 가다 깜짝 놀라는 현모.

맞은 편에서 영조가 식사 트레이 들고 다가와 스쳐간다.

현모, 식사하다 돌아보면 영조와 여경, 육개장 백반 트레이 놓고 말없이 식사하고 있다.

저 여자 누굴까. 뭔가 좀 심각한 분위기인데?

자기 부인을 때려서 수도 없이 입원시켜 놓고 병원에 콧빼기도 비치지 않던 남편.

현모가 조은그룹 회장 인터넷 검색해서 사진으로 익힌 조 영조의 얼굴이다.

저..내 생각에는 작가님이 아무래도 중병이 있으신 거 같은데 한번 싹 뒤집어서 검사를 해보시는 게 좋겠어요.

중병은 아니고 혈소판 감소증과 부정맥, 저혈압, 자가면역결핍 등 사소하고 약간 구질구질한 장애 요소들이 좀 있어요.

내가 알기에는 별 약도 없는 병인 거 같은데요.

맞아요. 운동량을 좀 줄이고 수면시간을 좀 늘리면 좋은데 둘다 힘드네요.

운동은 헬스 말고 뭘 하십니까.

달리기랑 주짓수를 하고 있어요.

우와~~ 주짓수… 그거 내가 옛날에 좀 했는데.

히야아~~주짓수 하시는 여성분 오늘 첨 구경합니다.

도장에 많잖아요.

제가 한 무렵에는 여자가 한 명도 없었어요.

아 그랬겠군요. 25년 전에 도장에서 저 혼자 여자였어요. 운동 뭐 하셔요?

젊었을 땐 태권도랑 유도 꾸준히 했는데 지금은 아침에 헬스 나와 웨이트 트레이닝만 합니다.

그건 그렇구 두 번이나 보호자 해주시구 수납하시구 전번엔 아침 뷔페도 사주셨는데 병원식당 육개장 백반 사드려서 되겠어요? 돈도 안 받으셔서 제가 불편해요.

지난번 뷔페도 그렇고 여기 육개장도 이렇게 잘 드시니 참 제가 기분이 좋습니다.

제가 식탐이 있어 뭐든 무조건 잘 먹어요.

내가 빨리 먹는 사람인데 나보다 더 빨리 먹는 여자는 첨 봅니다,

전 아직 나보다 빨리 먹는 사람 못 봤어요. 남자구 여자구.

영조, 아하 감탄하며 매우 유쾌하게 웃는다.

(아아 이렇게 수준이 맞는 여자랑 대화하긴 처음일세.)

작가님께서 하필 내 헬스에서 쓰러지신 덕에 제가 유명한 작가님 보호자도 되고 식사도 이렇게 두 번을 같이하게 되고 재미있게 얘기

도 하게 되니 생명에 지장 없다면 또 쓰러지시길 내가 기다릴 판입니다.

여경이 으하하하 하고 큰 소리로 웃는 바람에 밥 먹던 현모가 여경을 돌아본다.

예쁜 마누라는 줴패는 놈이 마누라보다 훨~ 덜 예쁜 저 여자는 뭘 웃게하구 지랄이냐 이 개놈아.

내 헬스라니, 인터콘티넨탈 호텔이 구역이신가요?

구역요?

나와바리요.

이번에는 영조가 큰 소리로 웃어댄다.

입맛 똑 떨어진 현모, 숟갈 놓고 트레이 들고 일어선다.

전에 키보이스 리드기타 조영조 얘기하신 날, 집에 가서 옛날 낡은 통기타 찾아내서 목청껏 노래 불렀더니 그렇게 속이 시원할 수가 없었어요.

영조, 기타 치는 흉내 내며

별이 반짝이는 해변으로 가요

반짝이는 이 아니구 쏟아지는 이에요.

아참,

별이 쏟아지는 해변으로 가요 해변으로 가요.

뒤에 '해변으로 가요'는 여경이 부른다.

젊음이 넘치는 해변으로 가요 해변으로 가요오

달콤한 사랑을 속삭여줘요오오.

현모를 비롯한 모두의 시선이 쏟아지자, 노래 그치는 두 사람,

여경이 '뭘 봐!'라고 주위보고 외치자 영조 또 기분 좋게 웃는다.

그러게요오.

밤에 거실에서 한참 기타 치며 노래하는데 현관으로 딸이 들어서며 소리를 꽥 지르더라구요,

미친 거야? 그러믄서.

아니, 아빠가 노랠 부르면 박수치며 따라 불러야지. 미친 거야라니….

미친 년이네요. 당~장 쫓아내세요.

그래야겠어요.

히야아! 난생 첨으로 수준 맞는 여성 분이랑 대화를 해보네.

영조는 감탄의 도가니탕이다.

제주공항

공항 청사 밖으로 나란히 걸어 나오는 운오와 여경.

둘이 똑같이 하늘과 야자나무를 보고 심호흡하고 서로 얼굴을 마주 보고 미소한다.

운오는 정장 차림, 여경은 청바지에 호카 짐슈즈, 20대 같은 스포티한 차림이다.

오픈카를 렌트할 수 있음 좋겠어요.

좋죠. 운전 제가 할게요.

나란히 렌터카 사무실 쪽으로 걸어가는 두 사람 뒤로 낮으나 힘찬 목소리.

"여보"

깜짝 놀란 두 사람. 돌아보는데 순간 운오의 턱으로 날아오는 영애의 오른손 훅.

운오, 오른손으로 영애의 손목 꽉 쥐는데 동시에 날아드는 영애의 엄청 쎈 왼손 어퍼컷,

운오가 휘청하며 쓰러지고 영애가 여경에게 주먹 날리려는 순간 여경이 재빨리 몇 발 물러서더니 비호같이 몸을 날려 이단옆차기로 영애의 허리를 공격, 킬힐 신은 영애, 휘청하다 그대로 고꾸라진다.

사람들 몰려들고 공항경찰 뛰어온다.

아라호텔 사장실에서 현모와 반갑게 이야기 주고받던 아라CC 대표 수종이 전화 받더니 일어난다.

누나 전환데

누나란 소리에 현모가 깜짝 놀라는데

누나 친구가 제주공항에서 폭행 사건을 벌였다네,

누나가 다친 거야?

그건 아니고 쌍방 폭행으로 지금 제주경찰서에 다들 있다니 수습하러 가봐야겠네. 에이 바빠 죽겠는데.

나도 같이 갈까?

넌 걍 여기 있어. 의사 도움 필요하면 연락할게.

쟈켓 걸치며 달려 나가는 수종.

현모, 식어 빠진 차 훌쩍 마시고 일어나 창으로가 탁 트인 서귀포 푸른 바다 정경을 바라본다.

맘에 걸리는 수종의 말.

매형 말이 누나가 간통을 하고 있는 유책배우자라는 거야.

매형 쪽 변호사가 증거 수집까지 했다니 남자가 있긴 있는 모양인데, 내 생각엔 누나 상황을 알고 호스트 바 놈이 붙은 것 같애. 걱정

이다. 이혼이야 되겠지만 위자료랑 재산분할에 엄청 불리하게 작용할 텐데.

이 자식이…

수종이 입에서 나온 간통… 호스트 바 놈… 생각지도 못했던 생경한 단어들에 현모는 급우울해진다.

척추신경학회세미나가 열리는 대연회장으로 향하는 현모.

올해의 의료인상 수상이고 뭐고 다 귀찮고 오직 아름다운 수진을 보고 싶은 마음으로 현모의 가슴은 벅차오른다.

오늘 밤 수진 씨를 안아볼 수 있을까.

아라호텔 정원

운오가 설계 조경하여 '아름다운 정원상'을 받은 아라정원.

정원의 파티오에서 에프터눈 티를 즐기는 운오와 여경.

아라정원에서 여경 씨와 이렇게 차를 마시는 걸 상당히 여러 번 상상해 보았어요.

하얀 도자기 찻주전자에서 차를 따르며 활짝 웃는 여경.

지금은 현실이네요.

삼단의 은 트레이에서 스콘을 집어 드는 여경.

아까 넘어지면서 세멘 바닥에 심하게 부딪히신 거 같은데 괜찮으세요?

괜찮아요. 근데 태권도하셨나 봐요. 이단옆차기 하시는데 놀랐습니다.

초급 수준이에요. 제 주종목은 주짓수에요.

앗 허리 공격해서 넘어뜨리는 게 아니라 아주 질식사시킬 뻔했네요.

하하 질식사까지 가게 하진 않아요.

주짓수가 몸 만드는 데는 가장 빠르고 확실한 운동이라던데.

맞아요,

근데 부인께서 권투를 하시네요.

네,

자주… 맞으시나요?

아뇨, 딱 두 번. 주먹으로 맞은 건 처음입니다.

그럼 그 전엔.

운오, 손바닥 내밀면

귀싸대기.

삼십년 전?

네. 하하 오랜만이네요.

하하 암튼 두 번 다 저 때문이었네요.

운오, 썩소로 답하면.

폭언이나 폭행을 하는 건 자신이 엄청 불행하단 증거죠.

맞아요.

암튼 운오 씨가 떠나려던 생각을 접으신 것 감사드려요.

제가 감사하죠. 여경 씨와 가끔 만나 웃고 웃길 수도 있겠다는 희
망을 주셨으니까요.

사랑까지는 바라지도 않아요.

바란다고 줄 수 있는 게 아니죠. 사랑은요.

바라면 부담되고 달아나고 싶어질 거예요.

당연하죠.

사랑에 빠진다는 건 병이 든 상태라고 생각해요.

자기 의지가 아니라는 점에서 그런 것 같네요.

그런데 자연치유되는 병이에요.

불치라고 착각해서 자살만 하지 않으면요.

시간이 약이란 말이군요.

네. 사랑은 시간을 잊게하지만,

우리 그거 경험했죠.

시간은 사랑을 잊게하죠.

그것두 경험했네요. 그렇죠?

병이니 당연 재발도 있겠죠.

그럼요.

일생 병이 한 번도 안 걸리는 사람도 있을까요?

있겠죠.

아주 건강한 사람이죠.

그렇겠네요.

운오, 여경같이 크게 웃는다.

아라호텔 별관 Anex

서양화가 김정아 전시회.

한쪽에서 검은 민소매 원피스를 입은 엄청 미모의 김정아 작가가 미술담당 기자와 인터뷰 중이다.

급등주이니 사야 된다. 주장하는 호성미술관 이영애 관장님 강매로 김정아 작가 작품을 무려 두 점을 샀는데 오늘 또 하나 사야 되나 생각하며 전시실로 들어가는 민우.

내가 내건 조건에 기가 막히게 들어맞는 여친감 실물과 대면하게 해준다니 한 작품 반드시 사야 한다 각오하고 작품들을 대충 둘러보고 있는데 관장님한테 톡이 온다.

'오늘 소개할 여친이 바로 김정아 작가임.'

악! 민우는 김정아에게로 다가간다.

십이삼 년 전인가. 파리 대학에서 공부할 때 먼발치에서 본 얼굴이다. 멀리서 보아도 엄청 예뻐서 접근해 보려고 학생회관에서 열렸던 개인전을 찾아갔는데 떡대 같은 남자가 떡억 옆에 붙어서 눈을 부라리고 있었던 기억이 난다.

이 관장 말에 따르면 김 정아작가가 이혼하고 한국 왔고 최근 남편이 죽었다더니 그 남자였던 모양이네. 인터뷰하는 모습을 보니 조용하고 약간 샤이한 스타일이네.

'대학에서 제의가 왔었지만 누굴 가르친다는 게 제 적성에 좀 안 맞고 또 작업시간을 빼앗기는 게 싫어서요.'

아, 전업작가로 산다는 한국에서 쉬운 일이 아닐 텐데… 역시 오늘 그림을 사야겠군. 민우는 부지런히 작품을 하나하나 자세히 살펴보기 시작한다.

빨간 은박지 동그라미가 붙은 한 그림 앞에 서서 한참을 감상하고 있는데

역시… 하하… 김 변 맘에 드는 그림이지?

민우가 돌아보면 환히 웃으며 서 있는 영애.

근데 이미 팔렸네요. 관장님.

하하 이 판매스티커 내가 붙여놓은 거야. 김 변이 살 작품 맡아놓으려구.

아아 그러셨군요. 감사합니다.

영애, 얼굴 찌푸리며 계속 허리 옆구리 만지더니 킬힐 신은 몸 휘청한다,

재빨리 영애 부축하는 민우.

공항에서 키대로 자빠졌는데 계속 욱씬거리네.

아이쿠, 신부터 바꾸셔야겠어요. 일단 제가 의무실로 업어서 모실게요.

일단 신 벗으세요.

에고오~ 미안해서 어쩌나아.

민우, 영애 신 벗어들고 영애를 업고 전시장 나간다.

빙긋 웃는 영애.

김 변 향수 뭐 써. 냄새 좋네.

블루 드 샤넬입니다.

그렇구나.

의무실 직원이 휠체어 끌고 달려온다.

아쉬운 듯 민우의 등에서 내리는 영애.

아라호텔 세미나장

무대에 오른 현모가 올해의 의료인상 수상하는 모습 멀리서 보는 수진.

빨간 원피스와 진주 목걸이의 화려한 차림이다.

우레와 같은 박수 속에 의사들이 자꾸 수진을 보자 머쓱해서 뒤돌아나가는 수진.

리베르떼 주방 안

구석의 이인용 작은 식탁에 앉아 식사 맛있게 하는 아라.

반찬 하나하나에 감동하며 즐거워한다.

근육에 좋은 음식들이 맛이 없을 거라 각오했는데 웬걸 너무 맛있다 오빠.

그래? 다행이다. 대회 전 이 주간의 식사가 너무 중요해.

우리 아라가 이번 속초 트라이 에슬론에서 잘해서 내년 시드니대회에 꼭 나가야지.

하하 그게 내 소원이야. 경수 오빠의 정성을 생각해서라도 꼭 우승할 거야.

우승 꼭 안 해도 3등 안에만 들면 되는 거 아냐?

오빠가 만들어주는 이 식사 땜에 꼭 우승해야겠어.

근데 설마 매일 같은 메뉴는 아니겠지?

경수 빙긋 웃는다. 우리 먹순이 아라에게 내가 그렇게 할 리가?

경수, 셰프복 앞치마에서 넷으로 접은 A4지 꺼내 아라에게 준다.

긴장해서 숟갈 놓고 접은 종이 받아 조심스레 펴보는 아라,

엉, 이게 뭐야.

앞으로 이주 간 아라가 여기서 먹을 식사 메뉴야.

아아. 아라 한숨 쉰다. 난 또오….

난 또라니 무슨 요리를 기대한 거야?

이거 펴면 오빠의 커다란 글씨 세 글자가 나오나 기대했징.

세 글자?

응…, 사 랑 해.

아라의 머리통 콩 쥐어박는 경수. 드라마 찍냐?

근데 이 음식들… 우리 아빠가 우리집 가사도우미 아줌마 여사님

께 저녁마다 해달라고 부탁한 메뉴랑 일치되는 게 많은데?

느네 아빠도 무슨 경기 나가시는 거야?

아닌데. 아빠가 웬일로 식스팩 초콜릿 복근 만들기 훈련에 들어갔어 헬스장 PT랑. 술도 딱 끊구.

아 그래? 진짜 웬일이시냐.

우리 조은 신제품 컵짜장 모델로 나가겠단 야심을 품으셨어.

하하 그거야 야심 안 품으셔두 하실 수 있는 거 아냐? 아빠 회사 제품인데….

요즘 사장님이 직접 나와서 자사 제품 소개하는 광고들 있잖나,

장수돌침대나 술 깨는 약이랑 다르지. 그야 노인 고객이구. 젊은 사람들 많이 먹는 컵짜장 뚜껑에 아빠 같은 얼굴 뜨면 매출 폭망이야.

얼굴 뜨는데 식스팩은 왜.

근육운동하다 보면 얼굴도 갸름해질 거라 착각하는 거지. 못 말려.

짜슐랭 광고의 추성훈같이 하시려나 보다.

추 성훈이야 여자들 죽고 못 사는 스타 격투기 선수나. 아빠는 절대 불가라고 선언해 놓았어.

혹시 CF모델 말구 다른 이유가 있지 않을까.

다른 이유?

경수는 아버지가 윤여경 작가랑 데이트하게 되면서 운동도 열심히 하고 몸만들기에도 돌입했다고 하자 아라는 눈을 반짝이며 든다.

설마 우리 아빠두?

경수는 즐겁게 설명한다.

매일 운동하겠다는 약속 지킨 상으로 지금 우리 아버지랑 윤여경

선생이랑 제주 아라호텔에서 데이트 중이셔.

악! 이영애 관장도 오늘 제주도 내려가셨어. 아라호텔에서 전시회가 있어서.

앗, 울 엄마두? 정말? 큰일났네….

윤여경 작가님 사망각 아닐까?

아 걱정되네. 무슨 일 있을까 봐. 울 엄마가 워낙 예측불허라.

암튼 아빠가 좀 변한 건 사실이야. 며칠 전 집에 좀 늦게 들어갔는데 아빠가 거실에서 통기타 치면서 해변으로 가요란 옛날 노래를 부르고 있더라구. 미쳤나 했어.

지금 재판 중인 이혼소송 너의 아빠가 지실 건 뻔하니 이혼하고 다시 결혼할 사람을 찾으신 건 아닐까?

찾긴 어디서 찾아. 아빠가 아는 여자라곤 술집 여자들뿐이야. 근데 나 디저트로 티라미수 한 판이랑 디카페 커피 주는 거지 오빠.

응 근데 티라미수 한판이 아니고 한 스푼.

간장 종지에 담긴 티라미수 보고 웃는 아라. 에게에~~~ 이게 뭐야. 딱 한 입이네.

이것도 담 주부턴 그릭요쿠르트 두 숟갈로 바뀌지. 거기 쓰여 있잖니.

아라, 커피 마시다가 갑자기 뭔가 생각난 듯 경수에게 묻는다.

혹시 윤여경 작가님 다니는 헬스, 어느 호텔인지 알아?

인터콘티넨털. 해인이가 한번 일일 초대로 따라갔었는데 디게 시설 좋더래.

우와! 우리 아빠가 거기서 매일 아침 운동하고 싸우나 하고 아침식사하고 출근해.

아빠가 윤여경 작가랑 사귀나?

설마.

왜 설마야?

서로 너무 안 어울리잖아.

암튼 아빠가 이상하게 변한 게 윤여경 작가 영향인 거 같애.

내가 촌스럽다고 제발 좀 빼라고 해도 악착같이 차고 있던 싯누런 순금 목걸이 팔찌 반지 합이 30돈은 되는 거 다 빼가지구 날 주더라구.

우와 대박! 횡재했네. 요새 금값 장난 아니잖아.

그러면서 뭐랬지 알아? 아라 니가 날 세련되게 보이게 하고 싶어 하는 걸 알았다나?

뭔 말이야 그게?

몰라. 암튼 것두 울 아빠 워딩이 아니야.

갑자기 크하하하 웃는 경수.

너의 아빠랑 울 아빠랑 윤여경 작가님 두고 라이벌 된 거 아니야?

오빠 말대루 우리 아빠랑 윤여경 작가는 너무 안 어울려. 대화도 안될 거야.

생긴 거두 그렇구 아빠는 참 수준이 떨어지는 남자야 내가 객관적으로 볼 때.

그래도 남자와 여자 사이는 알 수 없는 거야.

그런가.

그건 그렇구 은근 신경 쓰이네. 울 아빠한테 뜻밖에 연적이 생기다니.

걱정 마. 오빠.

중졸 폭력배 조영조는 잘생긴 건축가의 연적깜이 결코 될 수 없어.

그건 그렇구.

아라, 가방에서 두툼한 누런 서류봉투 한번 말은 것 집어내 경수에게 내민다.

이거 뭐야.

밥값

엥?

하하 아니구 금값.

금값?

촌시런 순금 30돈 현금화했어. 값 좋을 때.

야 이걸 왜 나 줘.

요새 금리 올랐는데 오빠 대출금 이자 내기 힘들 거같아.

악, 그걸 니가 어떻게….

경수, 숨이 턱 막히는데

간다. 잘 먹었수… 하고 주방 나가는 아라.

멍하니 서 있다가 셰프 모자 벗어 던지고 봉투 들고 나가는 경수.

아라, 계단 내려와 바렛 서비스차 기다리고 있는데 다가오는 경수.

야 너 이러면 우리 사이가 무너져.

이 정도 내 맘 주는 거 오빠가 받아서 무너질 사이면 무너지자고오.

야, 정 셰프야! 그냥 들어갈래? 나한테 아구통 한번 돌아가고 들어갈래.

경수, 돌아서 들어가고 아라의 차, 다가온다.

아라호텔 프렌치 레스토랑

와인과 프렌치 정식 즐기는 영애, 미숙, 현모, 민우.

현모가 수진을 찾는 듯 하자

영애, 수진이는 올케가 집으로 저녁 초대해서 갔어요.

현모는 수진 씨가 저녁만 먹고 호텔로 오나요. 동생 집에서 주무시나요. 궁금해 죽겠는데 참는 눈빛 하자 미숙이 '저녁만 먹구 와요. 오늘 밤은 우리 삼총사가 20층 스위트에서 자요.'라고 현모의 귓가 쏘삭이자

영애, 자자자. 여기 없는 사람 얘기 금지.

미숙, 귓구녕두 좋네.

현모, 픔 웃고

영애, 새 와인 따르며 건배한다.

내가 초대한 우리 골프 사인방의 구현모 박사 올해의 의료인상 수상 축하 디너예요.

감사합니다. 관장님.

민우, 관장님 허리통증은 이제 괜찮으신 거예요?

괜찮으니까 이렇게 구박 축하 모임에 와인 즐기고 있잖아요,

마사지는 임시조칩니다. 내일까지 계속 아프시면 월욜에 저의 병원에 오십시오. 제가 해결해 드리겠습니다.

영애, 와인 마시다 멈칫, 해결? 수술하시게?

일단 사진 찍어보고 판단하겠습니다.

화제를 돌리고 싶은 영애, 민우에게 빙긋 웃는다.

김변 맘에 드는 여친에게 주겠다고 사났단 팔찌, 들고 왔지?

그럼요.

미숙의 안색이 묘하게 변한다. 그런 거 있었어. 민우 씨?

반 클리프 앤 아펠인가?

현모와 미숙의 표정 동시에 오묘해지는데.

아뇨. 까르띠에 러브입니다.

우와~~

영애와 미숙, 동시에 감탄사를 발한다.

오늘 그 수갑을 누구 손목에 채울까. 김 변이.

김 변 와인 마시다가 스톱하고 하하 웃는다.

꼭 오늘 안 채워도 되죠, 상하는 물건도 아닌데.

네 명 모두 비실비실 웃는다.

디저트 타임에 폰하는 영애.

"정운오 룸이 몇 호실인지, 윤여경 이름으로 따로 잡은 룸이 있는지, 있으면 몇 호실인지

수혁이한테 알아보라고 해서 알려줘. 프런트에 물으니 투숙객 방번호를 일체 알려줄 수 없다네.

정운오가 내 남편이라고 해도 막무가내야. 규칙이라나? 내 참.

(사이) 알아서 뭐 하긴?

연놈을 내가 오늘 밤 손을 좀 볼려는 거지. 나 그냥 못 넘어가겠어. 허리? 수술해야 할 거 같애,

빨리 알아보고 나한테 톡으로 넣어줘."

현모와 미숙, 영애의 전화에 바짝 신경 쓰고 민우는 무관심하다.

관장님 오늘은 안정을 취하셔야 합니다. 무술 더 이상 하시면 안 됩니다.

모두 웃는데

영애, 차갑게 뱉는다. 몸 안 써요.

더 무섭다. 영애야.

미숙의 말에 현모와 민우, 긴장된 표정 되는데 영애의 폰에서 까뚝
소리.

얼른 폰 집어 보며 회심의 미소를 짓는 영애.

정운오 807, 윤여경 808 아하아! 나란히 각방에서 따로 주무신다!

현모, 아 나도 8층인데.

미숙, 닥터님이 같은 층에 계셔 다행이네요.

현모. 여기서 닥터 일하고 싶지 않습니다.

민우, 공항에서 윤여경 작가가 관장님을 공격한 모양이네요. 킬힐
땜에 넘어지신 게 아니라.

네. 말로만 듣던 이단옆차기 화려했어요.

현모와 민우가 웃자, 영애 발끈한다.

야아 넌 재밌어서 구경했니? 내가 너였음 그 자리서 걜 바로 밟아
놨어.

그럴라구 했는데 경찰이 왔자나.

내가 너 같은 프랫슈즈만 신구있었어두 안 넘어졌다.

그러게, 늙어서 무슨 킬힐이야 키도 안 작은데.

바꿔 신자.

당장 진주까지 달린 샤넬 스틸레토 킬힐과 토리버치 프랫슈즈가
교환된다.

민우, 웃는다.

두 분 다 다리가 참 예쁘십니다. 날씬 상큼하네요.

영애와 미숙, 흐뭇하여 민우가 보는 눈이 있다고 칭찬하는데

수진 씨 다리가 훨씬 더 예쁘거든요. 라는 말을 와인과 함께 삼키

는 현모.

킬힐 신은 미숙, 영애가 신은 자기 프렛슈즈 보며 우려한다.

오늘 밤 사건 현장 정밀검사에 내 구두 바닥 자국이 나올텐데 ..

민우. 웃는다.

걱정 마세요. 미숙 씨. 관장님과 구두 바꿔 신는 거 본 증인 둘입니다.

재미없는 추리소설 그만들 쓰시고 일어납시다.

영애, 계산서 집으며 먼저 일어난다.

저도 일찍 좀 쉬어야겠네요. 내일 티오프가 8시랬죠?

골프여제시라는 이 관장님 소문 확인해 보겠습니다.

금방 기분 풀어진 영애.

허리 땜에 실력이 나올지 모르겠네.

그러니까 오늘은 이만 주무시는 게 좋을 거 같습니다.

제발 오늘 밤은 무술 쓰지 말아주십시오. 여제님.

카드 지르다가 픽 웃는 영애.

몸 안 쓴다니까 그러네.

내가 으스스하다. 영애야. 몸 안 씀 뭘 쓰겠다는 거냐.

머리를 쓰시겠단 말씀 같습니다.

영애, 활짝 웃는다.

구박이 의외로 센스 있네.

의외로입니까.

법은 멀고 주먹은 가깝다는 말, 그거 깡패 용어가 아니고 상식이야.

마숙, 상식?

하는데 민우, 상식 맞습니다. 사법 판단이 너무 느려요. 신중을 기해야 하다 보니까요.

그 느려터진 법으로 밥먹고 사는 김 변도 동의를 하네.

그렇지만 관장님, 전 폭행에는 동의하지 않습니다. 이쪽이 도리어 형사처벌 될 수 있어요.

그래도 할 수 없지.

할 수 없다뇨.

옛날에는 다반사로 본처가 내연녀에게 했던 귀싸대기, 김치싸대기, 옥수수 털기는 물론 이제는 얼굴에 물컵만 끼얹어도 바로 현행범으로 처벌받습니다.

증거불충분이면 무고죄 가중되고요.

확실한 증거 잡아 금융치료를 하는 게 나아요. 폭행을 안 하시는 조건으로 제가 도와드리겠습니다.

금융치료가 먹히지 않는 게 문제지.

SK 최 회장 동거녀 봐. 본처에게 20억 배상하란 법원판결 나자 그 담날로 노 소영이 계좌로 보냈다잖아. 치료는 무슨.

하긴 거긴 재벌 동거녀이니 20억이죠. 관장님 케이스는 3천 잘해야 6천인데 그쪽은 내나 마나 관장님은 받으나마나한 액수 아닙니까. 증거불충분한데 고소하셨다간 무고죄로 도리어 처벌됩니다.

암튼 간통 형사처벌 없앤 거 그거 아주 잘못된 거야.

근데 관장님, 오늘 제주공항에서 이미 남편을 어퍼컷 한 방으로 때려눕히셨잖아요.

왼손 훅이었지. 어퍼컷이 아니고.

내 남편이란 작자가 무슨 드라마에 나오는 바람피우는 놈 대사처럼 사랑한 게 죄냐는 식으로 나오니 내 주먹이 절로 올라가지.

미숙, 설마 정운오 사장이 사랑하는 게 죄는 아니잖아 같은 저능아 적인 대사를 치시진 않았겠지.

내가 사랑하는 사람에게 신체적 위해를 가하지 않겠다고 약속해 달라네.

미숙, 감동먹은 듯, 어머… 너무나도 절실한 부탁이다. 윤 작가에 게 제발 주먹 쓰지 마.

주먹 안써.

영애와 민우의 한마디 한마디가 다 뜨끔뜨끔한 현모.

나름 용기내어 영애에게 저능아적으로 질문한다.

사랑하는 게 죄가 됩니까.

영애, 오냐 잘 물었다 싶은 듯 현모의 눈을 뚫어지게 보며 내뱉 는다.

사랑하는 게 죄가 아니라 유,부.남이 자기 아내가 아,닌 다른 여자 를 사랑하는 게 죄죠.

범, 죄!

미숙, 영애의 팔꿈치 만지며 눈치주는데

영애, 팔꿈치 탁 털며 마저 지껄인다.

저능아 아니래두 잃을 거 없는 놈들이야 지 몸뚱아리 지 맘대로 굴 려도 그만이지만, 잃을 게 많~은 남자들은 아~주 조심 하드라구요.

크하하하 갑자기 큰 소리로 웃는 민우.

모두 민우를 쳐다보는데

조오~심한다는 그 말을 믿으시는 겁니까 관장님?

잃을 게 문제가 아니구 못생긴 여자 앞에서만 조오심하는 겁니다.

기혼녀구 미혼녀구

예쁘면 그 조 오심이 안 되거든요?

헹,

유부녀들도 돈 없고 못생긴 남자 앞에서만 정숙한 거랑 같은 이치죠.

미숙과 현모 웃는데

이치? 뭔 궤변을 늘어놓는 거야 김 변.

궤변 아니구 정설입니다. 관장님께서 모르시다시피.

현모, 먼저 실례하겠습니다. 하고 달아난다.

민우에게 다가가 귓속말하는 미숙.

걸어가는 현모의 뒷모습 문득 보는 영애.

구박이 수트빨 참 끝내주네. 의사 가운 입고 있었을 땐 몰랐는데.

영애, 미숙, 민우도 내일 아침 7시 반, 아라CC 회동을 약속하며 흩어진다.

803호 자기 방이 있는 복도를 성큼성큼 걸어가는 현모.

현모는 가슴이 아려온다.

이 관장이 나한테 저 정도로 말을 할 정도면 친구인 수진 씨에겐 얼마나 심한 말로 상처를 주고 후벼팔까.

이 관장이 나와 수진의 사랑에 대해 그렇게 준엄하게 질타할 권리가 있는 걸까.

현모, 폰 펴 들고 문자 한다.

화장실 들어간 미숙, 립스틱 짙게 바르고 디오리시모 향수 뿌리고 팔목의 반 클리프 앤 아펠 팔찌 풀어서 핸드백 안에 넣으며 날렵한 수갑 모양의 까르띠에 러브를 상상해 본다,

사랑의 수갑… 하하

수갑이 채워질 팔목 안쪽에 디오리시모 원액을 조금 바른다.

아라호텔 탑 라운지 바

창가 자리에 마주 앉아 칵테일 즐기는 민우와 미숙.

모두들 미숙 씨를 쳐다보고 수군대네요. 하하

연하의 잘생긴 남자를 거느린 돌싱 여배우… 부럽겠죠.

민우 씨 신분이 궁금할 거예요. 호스트 바 남자 같진 않구.

하하 호빠에 45세 남잔 없지 않을까요?

민우 씨 30대로 보여요.

설마 하하 미숙 씨는 40대로 보입니다.

하하 내 나이 애들도 다 알아요. 그느므 인터넷 검색 땜에.

생년월일, 학력, 몇 년도 결혼, 몇 년도 이혼, 자녀 수와 성별 다 꿰 뚫고 앉아 있어요.

지금 여기도 저 여자 몇 살인가 하고 폰 두들기는 사람 있을걸요.

하다가 스탠드 바 쪽 보고 앗 하는 미숙.

민우도 돌아보면 옆이 허벅지 위까지 쭉 째진 까만 민소매 원피스 차림으로 다리 꼬고 스툴에 앉아 위스키 온더락 마시고 있는 여경.

윤여경 작가예요.

아 그래요? 실물 첨 보네.

재빨리 폰으로 윤여경 작가 검색하는 민우.

경기여고 서울 문리대 미학과 우와~ 60세인데 30대로 보이네요.

214

멀리서 보니 그렇죠. 글구 저 여자 화장발이 장난 아니에요. 우리 같은 연예인 뺨쳐요.

오호오… 웬만한 연예인보다 예쁘네요. 탈렌트 황신혜 닮은듯요.

잠깐 인사 좀 하고 올께요. 날 봤는지 안 봤는진 모르지만 내가 작가를 모른 척했다고 생각하면 내 입장이 좀 곤란해지니까요.

좋습니다. 합석 권해 보셔도 좋구요.

그건 내가 싫구요.

반색하며 활짝 웃는 여경.

우와~~ 이미숙 님. 반가와요. 제주 촬영 오셨나 봐요.

아라CC 회원인 친구 골프 초대 받아서 놀러왔어요. 선생님 더 러버스 넘넘 재밌게 봤어요.

20회 내내 본방 사수 진짜 오랜만이에요.(앗, 20회로 끝난 거 맞지? 나도 거짓말 늘었네. 방송 요일도 모르면서, 수목이든가 주말이든가 에고에고)

어머나, 감격이네요. 연기자님께서 제 드라마를 본방 사수 해주시다니.(거짓말도 정도껏 해라.)

참 이미숙 선생님 요실금팬티 CF요 청바지 입고 모터사이클 타시는 모습 너무 예쁘게 나와서 화제에요.

아유 아유 정말요? 선생님께서 좋게 봐주셔서 감사해요.

일행 없으시면 같이 한잔하실까요? 제가 살께요.

그러고 싶은데 골프 같이 초대받은 일행이 있어서…

네에, 그럼. 인사하는 미숙과 여경.

여경, 돌아앉으며 쏟아지는 먼발치의 민우의 시선 의식하고 픽 웃는다.

혼자 앉아 있는 거 보니 정운오 사장이 허리 아파 마사지 받다 잠든 모양이네요.

미숙 씨께 정말 감사할 일이 있어요.

어제 어머니가 전화했는데 요즘 아버지가 매일 체조하고 마사지하고 생기발랄하시다네요.

그동안 일절 안 나가던 동창회를 월요일에 가신다며 양복 코디하고 난리가 났대요.

하하하 동창회… 설마 오비동창회에 어머니가 따라나서시는 건 아니겠죠?

그럴 리가요. 암튼 월요일에 귀한 시간 내주신다고 하셔서 우울증 대인기피증이었던 아버지가 생기를 찾으셨다니 어머니도 저도 정말 기뻐하고 있어요. 감사합니다.

저도 즐겁긴 한데… 가만 기억을 더듬어보니 그때 일 년에 걸쳐 십여 분 만난 중에서 맨 처음 뵌 분이….

저의 아버지, 이미숙계 오야.

네, 아버님이 젤 잘 생기고 매력이 넘쳤던 거 같아요. 지금 민우 씨처럼. 아마 나이도 딱 지금 민우 씨 나이였을걸요?

그럴 거예요.

근데 괜히 어머니껜 미안한 생각이 드네요.

미안하긴요, 어머니 도와드리시는 건데요. 아버지가 친구 만나러 나가는 게 어머니 소원이세요.

집에서 종일 짜증만 부리고 있어서요.

아버지가 이미숙 씨 나온 드라마나 영화를 단 하나도 안 빼고 보시고 계까지 조직한 이유가 있었더라고요.

내가 예뻐서라는 이유 외에는 별로 듣고 싶지 않네요.

아버지가 중매결혼 하셨는데 결혼 직전까지 연애하다가 부모님 결사반대로 헤어진 4년 연상의 여자가 이미숙 씨랑 분위기가 너무 비슷하데요. 그분이 얼마 전 돌아가셨다나 봐요. 하필 아버지랑 같은 부위의….

됐어요. 그런 절절한 옛 사연은 월요일의 우리 동창회에 도움이 안 돼요. 중요한 건 살아있는 현재의 소중한 시간시간 하루하루에요.

맞습니다. 저도 잔뜩 미화된 추억팔이 질색이에요.

라디오 음악신청프로로 진행한 적 있었는데 옛사랑 타령하는 편지는 제가 작가도 모르게 슬쩍슬쩍 뺐던 기억이 나요.

아니 왜요?

옛사랑에 연연해하는 건 지금 옆에 있는 사람을 모욕하는 거예요.

그렇군요. 동의합니다. 이미 지나간 과거를 연연해하거나 아직 오지 않은 미래를 걱정하는 건 현재를 모독하는 겁니다.

모독이라기보단 낭비 아닐까요?

네. 맞아요. 낭비가 모독입니다. 존재의 소중함을 모르는 거니까요.

신라호텔 영빈관에서 열린 친정아버지 팔순 잔치.

선물 증정 순서에 아버지에게 예쁘게 포장한 제냐 넥타이 드리고 살짝 호텔을 빠져나온 희경.

택시 타고 김포공항으로 내달아 제주 가는 마지막 비행기에 겨우 몸을 싣는다.

아라호텔 20층 스위트룸

킹사이즈 침대 세 개 나란히 놓이고 전체 통유리로 바다 야경이 화
려하게 펼쳐져 있다.

창가 테이블에 꽃바구니와 화이트와인, 레드와인과 샴페인 각 한
병과 와인 잔 6, 샴페인 잔 3

초콜릿상자, 과일바구니, 모듬치즈 프레이트, 마른 안주 프레이트,
과일접시 3, 실버 포크 3, 옆에 날카로운 과일칼 세 개 나란히 놓여
있다.

중간에 있는 과일칼 집어 들어 보는 영애,

칼 앞부분의 톱니 날 만져보더니 과일 접시 하나 꺼내놓고 배를 집
어 깎아 먹기 시작하는데

들어오는 미숙.

어디서 오는 거야?

김 변이랑 탑 라운지에서 칵테일 한잔했어. 분위기 죽이네.

영애가 깎아놓은 배 조각 포크로 찍어 먹으며 슬쩍 영애 눈치보는
미숙.

아아. 배가 시원하고 달다.

대답없는 영애.

미숙, 불길하다.

일부러 하품하며 자자 영애야. 낼 티오프 8시잖아.

대꾸 없이 배를 씹으며 밤바다 원경 보고 있는 영애.

아라호텔 탑 라운지

바아 다아까에 모오래알 처어어럼
수우많은 사람 중에 만난 그 사아람.
파아아도오 위에 물거품 처어어럼
왔다가 사라가져어간 못 잊을 그으대여.

무대에서 통기타치며 노래하고 있는 여경.
노땅 손님들이 싱어롱하며 즐기고 있다.
라운지로 들어오며 무대보고 깜짝 놀라는 민우.
여경 옆에 바짝 붙어서서 노래 이중창으로 부른다.

아니, 이 노래 어떻게 알아요? 아마 태어나기 전에 유행했던 노
랜데?
바닷가의 추억. 저의 아버지 십팔번이에요.
누가 불렀는지 알아요?
키보이스요. 우리집 거실에 노래방 기기가 있었거든요.
중학생 때 내가 키보이스의 리드기타 조영조를 좋아했어요,
조영조요?
네. 그 조영조가 명동 오비스캐빈이란 맥줏집에서 노래 부를 땐데
중3 때 사복 입고 만나러 갔었죠.
만났어요?
그럼요. 조영조 아저씨 좋아해요. 하니까
너 중학생이지? 그래요.
하하

아니요. 그러니까 야구르트를 내 손에 쥐여주면서 빨리 집에 가서 숙제해라. 그러더라구요.

마티니를 시켜 마시는 여경.

민우도 따라서 마티니를 마신다.

조영조는 지금 제가 붙어 싸우고 있는 적의 이름입니다.

변호사세요?

네.

나도 조영조란 사람 아는데 인터콘티넨탈 호텔 부근이 나와바리인 조폭이에요.

크하하하 웃는 민우. 거기 헬스서 운동하시는군요. 작가님.

네.

그럼 같은 사람 맞네요. 조은식품 회장이구 이 아라호텔이랑 아라 CC도 그 사람 거예요.

으악. 무슨 재판인가요.

이혼소송입니다.

부인이군요. 클라이언트가.

네. 최대로 뜯어내는 게 제 임무입니다.

칵, 성과금이 꽤 크겠네요.

물론이죠. 부인이 30년을 맞고 살았습니다.

앗, 조를 부디 알거지로 만들어주세요. 빵에도 보내시구요.

빵에 안 가는 조건으로 최대로 받아내려고 합니다.

파이팅!

위스키 온더락 잔 부딪는 두 사람.

점심으로 돼지오겹살 먹고 오후에 아라 정원에서 애프터눈 티 하면서 스콘이랑 쿠키 삼단 접시 다 먹고 저녁으론 도다리회랑 매운탕을 맛있게 먹었는데….

우와 쯔앙먹방 같이 잡수셨네요.

양은 그다지 많지 않았는데 속이 좀 답답해서 큰 소리로 노래를 부르니 좀 시원하네요.

위스키 더 할까요?

버본콕을 드시면 도움이 될 겁니다.

그럴까요.

버본콕 둘 시키는 민우.

웨이터가 짐빔으로 할까 물으면

여경, 잭 다니엘 있음 그걸루요.

민우, 저두요.

리커를 잘 아시네요,

아는 척하는 거예요.

근데… 파트너도 있으신데, 왜 혼자 여기 계속 계시는지 궁금합니다.

여경, 빙긋 웃는다.

파트너랑 섹스하는 사이 아니에요. 룸메도 애인도 아니고요. 그냥 친구예요.

무라카미 하루끼의 1Q 84 읽으셨어요?

2권까지만요.

거기 여주 이름 기억해요?

아오모리든가요?

그건 일본 지명이구요. 푸른 콩.

앗 아오마메.

아오마메가 보스 여자 지시에 따라 아내를 야구방망이로 때려죽였던 남자의 호텔 룸으로 들어가 독침으로 살해한 후 이런 호텔 탑 라운지 바에서 뭐하죠?

야식거리를 찾죠.

하하 하룻밤 안전하게 섹스할 남자요.

안전하게?

거기가 지방에서 동경으로 출장 오는 기업인들이 묵는 호텔이니까요.

저는 안될까요.

안되죠.

왜죠? 저 안전한 먹거리인데요.

신분이 노출되어 있잖아요.

아하, 그렇군요.

노랫값으로 예쁜 수갑 채워드릴 테니 팔 내밀어보세요.

여경이 내민 팔목에 팔찌 채우는 민우.

까르띠에 러브 신상이네요.

아라호텔 프런트

프론트 매니저, 반색을 하며 희경을 맞이한다,

어머어. 민 박사님. 이제 오시는 거예요?

친정아버지 팔순 잔치가 있어서 겨우 마지막 뱅기를 탔네요.

남편이 자는지 암만 전화해도 안 받네.

구 박사님 매우 고단하실 거예요. 종일 세미나 참석하셨잖아요.

803호에요.

희경에게 카드키 건네는 매니저.

803호 앞

희경이 카드키 대면 초록불 깜빡이고 문 미는데

복도의 불빛으로 룸 바닥에 떨어져 있는 까만 페라가모 슈즈. 한 짝은 뒤집혀져 있고

침대 옆 바닥에 있는 빨간 원피스, 그 위에 흰 브라쟈와 팬티 말아져 놓여있다.

손으로 입 틀어막는 희경.

어둠 속에 눈 뜨는 수진

조금 열린 욕실 문으로 변기 물 내리는 소리를 듣고 문득 옆을 보고 혹 놀라는 수진.

현모가 끄응하며 몸을 뒤척인다.

수진, 벌떡 일어나 알몸에 원피스만 걸치고 블라자 팬티 허겁지겁 주워들고 맨발로 방을 뛰쳐나간다.

원피스 등 뒤의 지퍼를 올리려고 뒤돌아본 순간, 수진은 803호 문 앞에 가지런히 놓인 자기 페라가모 신발을 본다.

미친 듯 달려가 신을 신고 다시 엘리베이터 쪽으로 뛰는 수진.

두 대의 엘리베이터 앞

상승 키 누르고 숨을 헐떡이는 수진.

머리가 완전 미친년 산발이다.

머리 한 손으로 만지는데 내려오는 한 쪽 엘리베이터 땡!

수진이 서 있는 옆쪽 엘리베이터에서 내리는 영애.

미친 듯이 옆 비상구 쪽으로 가서 문으로 들어가는 수진.

비상구 문이 닫히는 소리에 돌아보는 영애, 갸웃한다.

비상계단

난간에서 가쁜 숨 몰아쉬는 수진.

비상계단 뛰어올라 꺾어진 코너를 돌다 콘크리트 바닥으로 머리부터 찧으며 나동그라진다.

아아 비명지르다 그대로 눈 감는 수진.

운오의 룸 욕실

운오, 반신욕하며 계속 허리 엉덩이 주무르는데 벨 소리.

운오, 욕조에서 벌떡 일어나 허겁지겁 큰 타올로 대충 몸 닦고 타올 가운 서둘러 입는다,

나가려다 다시 거울로 돌아와 얼굴과 헤어 다듬는 운오.

운오의 가슴이 요동친다.

807호 앞에선 영애.

뭐야 현장 수습하는 거야?

벨 다시 누르려는데 열리는 문.

문 열며 환하게 웃던 운오의 표정 얼어버린다.

영애, 거세게 운오를 밀치고 방으로 들어간다.

운오, 외친다. 무슨 짓이야.

영애, 외친다. 내 남편 방이야. 왜!

정돈되어 있는 퀸사이즈 침대보다가 주머니에서 과일칼 빼들고 욕실문 거칠게 여는 영애.

텅 빈 욕실.

반쯤 처진 욕조 비닐커튼을 거칠게 밀어붙이는 영애.

바들바들 떨며 서 있을 여경의 배에 깊숙이 칼을 꽂겠다 작정했던 영애의 칼 든 손이 부들부들 떨린다.

칼을 주머니에 넣으며 낭패한 표정 짓는 영애.

욕실에서 나오며 넘어질 뻔했다.

왔다 간 거야 이따올 거야?

안 왔고 오지 않을 거야.

흰 까운 입은 채로 침대에 앉아 창 쪽을 보고 있는 운오.

나가!

주머니 속의 칼을 만지며 자기가 평생 사랑했던 단 한 남자 그러나 냉정하게 이렇게 내게 등돌린 남자의 흰 가운 입은 뒷모습을 아프게 보는 영애.

깊은 한숨 쉰다.

이 등짝을 깊이 찔러버리고 나도 죽어버릴까! 잠시 생각하다가 아니지 옆방 년을 먼저 해치워야겠다는 생각이 들자, 정신이 번쩍 나며 방을 휙 나가는 영애.

20층 스위트룸

창가 테이블에 앉아 과일칼 하나 없어진 자리를 보며 걱정하는 미숙.

술도 많이 취한 거 같은데 걱정이네

그러다가 문 쪽보고 기절할 듯 소리친다.

수진아!

산발한 수진이 브래지어와 팬티를 움켜쥐고 다리를 질질 끌며 들어오자 달려 나가 안는 미숙.

흑흑 흐느끼는 수진.

비상계단에서 넘어졌는데 으으… 다리가 너무 아퍼어…

아니 비상계단은 왜 갔어.

잠깐 정신이 나갔다 깨니까 비상계단 층계참에 내가 누워있는 거야. 아 지금 몇 시니?

아침이니? 마구 흐느끼는 수진을 꽈악 끌어안아 주는 미숙.

구 박사한테 연락해서 병원에 가자. 머리도 다친 거 같네. 잠깐 기절했다는 거 보면.

안돼 안돼

와이프가 방에 들어왔어. 으흐흑…

계속 신음하는 수진.

뭐어라구… 계속 경악하는 미숙.

와이프가 비상계단에서 널 밀쳤구나.

아냐아냐. 계속 흐느끼는 수진.

아 나한테 진통제 애드빌 있는데 그거라두 먹어보자.

미숙 서둘러 백에서 애드빌 꺼내 물이랑 수진에게 먹인다.

고마워 미숙아.

구 박 와이프가 너 떠민 거지.

아니야. 실은 이러구 엘리베이터를 타려고 서 있는데 영애가 딱 내리는 거야 옆 엘리베이터에서. 그래서 비상구로 달아나 계단 오르다가 넘어져 정신을 잃었어. 아아아….

일단 일단 누워 누워. 왜 영앨 보고 니가 달아나. 죄졌니?

죄졌지. 으으윽하고 다시 우는 수진. 우리 친구잖아…. 영애도 이미 알고 이해하고 있어.

영애가 안다구?

그럼.

니가 얘기한 거야?

걔 그런 문제 얼마나 완고한지 아는데 내가 왜… 아라가 얘기하더래.

아라가 안다구?

야아아! 너 아라 폰에 바보로 네이밍 되있다더니 진짜네.

아라가 구 박사의 간절한 편지 받고 이혼소송 시작한 거야. 영애한테 김 변 소개받아서.

그거 몰랐어?

현모 씨 편지 얘긴 몰랐어.

아라가 감동했대. 구 박사의 엄마에 대한 사랑에.

나 정말 바보네.

소리 내어 우는 수진.

탑 라운지에서 나와 나란히 엘리베이터 타는 민우와 여경.

여경이 8층 버튼 누르고 민우는 6층 누른다.

여전히 속이 불편해 보이시네요.

그러네요. 과식도 과음도 안 했는데. 속이 불편한건 뭘까요. 하하
의사 아니고 변호사에게 이걸 묻네요.

이 시간까지 적당한 야식거리를 끝내 마련하지 못한 울분 같은 거
아닐까요.

하하하 웃는 여경. 그거 지금 유머라고 하시는 거죠?

네

안 웃겨요.

죄송합니다, 근데 점심부터 드신 메뉴 보니 과식은 맞는 거 같
아요.

그런가요.

팔찌 맘에 들어요.

감사합니다.

명함 주셨으니 배우들 이혼소송 건 있음 소개할게요.

감사합니다.

속 안 좋으신 거요오. 방에 가셔서 생수 한 컵 드시고 똥을 한번 누
어보세요. 싹 낫아요.

아 그래볼게요. 감사합니다.

엘리베이터 8층에 서면 내리는 여경.

안녕히 주무십시오. 작가님.

네에..김 변두요.

808호 문 앞에서 계속 벨 누르는 영애.

228

쾅쾅 문 두드리다 발길질 쾅 한다.

흥, 절대 문 열어주지 말라고 긴급전화했겠군.

으으으 분해서 부르르 떠는 영애.

개년!

808호 문 한 번 더 발로 쾅 차고 엘리베이터 쪽으로 가는 영애.

가다가 문득 발 멈추는 영애.

손으로 입을 막은 채 빠른 걸음으로 맞은편에서 오고 있는 여경.

영애의 시선, 손으로 입 막은 여경 팔목의 까르띠에 러브 팔찌로 간다.

주머니 속의 칼 손으로 만지며 여경에게 바싹 다가가는 영애.

순간 여경의 입에서 토사물이 솟구치며 영애의 얼굴과 상의로 흠뻑 쏟아진다.

영애, '아우, 드러드러' 소리치는데

여경. 어머어머 죄송해요. 여기 제 방인데 들어가셔서 좀 씻으시죠.

영애, 칼 빼드는데 여경, 재빠른 돌려차기로 칼 떨어뜨리고 헤드락 걸고 주짓수로 영애를 제압해버린다.

켁켁거리는 영애.

바닥에 떨어진 칼 집어들고 재빨리 룸으로 달아나는 여경.

606호 민우의 룸

들어가 카드키를 벽 포켓에 꽂자 밝아지는 실내.

동시에 울리는 폰.

모르는 번호다.

윤여경이에요.

앗 작가님. 속은 좀 어떠신가요.

808호 여경의 룸 욕실

발가벗고 변기에 앉아 한 손에 칼과 명함, 한 손에 폰 든 여경.

알려주신대로 했더니 싹 해결되네요. 감사합니다.

아 하하… 혹시 부상으로 저보고 방에서 나이트캡을 하자고 제안하시려는 건 아닌가 흥분되네요.

하하 그 정도는 아니구요. 제가 복도에서 정운오 씨 와이프한테 과일칼 기습공격을 당했는데 제압했거든요.

지금 그 칼을 증거물로 들고 있어요.

아아아… 이 관장이 기어이 차암. 근데요.

상해미수로 제가 소를 일으킬 수 있을까요.

작가님이 제압하면서 상대를 다치게 하지는 않았습니까.

아니요.

그럼 가능합니다. 복도에 CCTV 설치돼 있을 거고요.

재발방지를 위해서도 그렇게 할 필요가 있겠어요.

알겠습니다. 내일 서울로 가시죠?

네.

월요일 오전 중에 제 사무실로 오십시오.

10시에 갈께요.

그 시간에는 회의가 있는데 11시에 오십시오.

알겠습니다.

20층 스윗트룸 대형 욕실 안

욕조 채운 물에 상의를 넣고 비벼 빨며 소리소리 지르는 영애.

아우 드러. 아우 드러.

아니 어떻게 토사물을 너한테 쏟아 미친 거 아냐? 나이트클럽에서 봤는데 과음했었나 봐.

김 변이 샀다는 까르띠에 러브 팔찌를 끼고 있던데 그 년이?

어어? 설마. 자기 팔찌겠지. 그걸 어느새 김 변이 윤 작갈 줘.

김 변이랑 나랑 같이 먼저 탑 라운지에서 나왔는걸.

김 변이 다시 들어갔었을 수도 있지.

그랬나? 그랬을 수도 있겠네.

미숙, 픽 웃는다. 늙은 정운오 사장 버리고 젊은 김 변을 꿰찼나 본데?

형, 재주 좋아. 그 나이에.

우리보다 두 살 젊어,

그래봤자 육십 환갑이야. 개년.

암튼 너한텐 반가운 소식 아냐?

뭐가 반가워?

니가 윤 작가를 공격할 이유가 없어졌잖아. 정운오 사장이 윤 작가한테 잘렸는데. 하하.

미숙의 웃음 끝이 공허한데 방에서 수진의 비명.

쟤 왜 저러니? 잘 처 놀구 와서. 구 박 있는 8층 엘리베이터에서 봤어. 내가.

무슨 소리야. 구 박사 부인 민 박 와있어. 그럼 셋이서 쓰리썸이라도 했단 얘기야?

근데 왜 산발을 해갖고 8층에 서 있어.

수진의 신음소리 커지자, 욕실에서 뛰쳐나가는 미숙.

803호 현모의 룸 안

깜깜한 속에 나신의 현모, 베드에서 돌아누우며 옷 입은 채 옆에
누운 희경을 끌어안다가 억하며 벌떡 몸을 일으킨다.

어 누구야.

당신 와이프야.

헉, 언제 왔어.

서둘러 침대 옆과 바닥을 보는 현모.

후욱 한숨 쉰다.

수진 씨가 나간 뒤에 들어온 모양이다.

똑바로 누운 희경의 눈에서 굵은 눈물이 주르르 흘러내리는데 현
모는 수진이 자기 잠든 새에 나간 것을 다행으로 생각하고 있다.

일어나 까운 걸치고 폰 들고 욕실로 가서 불 켜는 현모.

수진에게 문자 하려는데 진동으로 해놓은 현모의 폰 진동하며 수
진이란 글자 뜬다.

나 이미숙이에요.

수진이가 8층 비상계단에서 넘어져 한참 기절해 있다 깨어나서 방
으로 왔는데 전신이 너무 아파 진통제도 들질 않네요. 머리도 다쳤는
지 토했어요.

룸 전체 불 켜고 서둘러 옷 입는 현모.

희경 눈이 부셔 일어난다.

무슨 일이야? 응급환자 생겼어?

현모, 옷 입고 나가려다 희경을 노려본다.

생겼어. 여기가 8층인데 8층 비상계단에서 ..

비상계단? 누가 다쳤어?

니가 수진 씨 거기까지 끌구가서 밀은 거야?

어억! 희경, 기가 막혀 벌떡 일어나며 아니야! 내가 왜! 라고 외치
는데

폰에 대고 원장님 밤중에 갑자기 죄송합니다. 저 구현모입니다.

문 탕 닫고 나가버리는 현모.

희경, 눈 똥그랗게 뜨고 씩씩거리다 같이 가! 하고 문 여는데 이미
사라진 현모.

걱정 말아요. 내가 안 아프게 해줄게요.

현모가 수진을 끌어안고 눈물 젖은 뺨에 입술을 대자 아픈 와중에
도 현모의 목을 꽉 끌어안는 수진.

현모가 울고있는 거에 새삼 놀라는 영애와 미숙.

어머… 하며 숙연해진다.

수진, 울먹이며 말한다. 미안해요.

무슨 소리, 내가 미안해요. 수진 씨.

옆의 미숙 흐느끼고 영애도 눈물 글썽인다.

세 여자와 한 남자, 네 명이 다 운다.

같이 내 병원에 가요. 곧 안 아플 거예요.

영애, 손수건으로 코 풀다 '내 병원?' 하며 현모를 처다보는데

현모가 활짝 열어놓은 문으로 들것 든 구급대원들 들어선다.

닥터헬기 옥상에 착륙했습니다.

아 감사합니다.

들것에 수진 옮기고 나가는 구급대원을 따라가는 현모, 수진의 페라가모 구두 챙기자

미숙이 수진의 핸드백 현모에게 주자 핸드백 꽉 껴안고 달려 나가는 현모.

수진이 폰도 그 백 안에 들었어요.

감사합니다.

한바탕 난리 뒤 정적.

문 닫고 큰 방에 남은 영애와 미숙.

구급차가 아니고 닥터헬기 띄우네.

서울까지 나르는 거지. 아까 구 박이 내 병원이랬잖아.

미숙, 아아 안심이다. 다리가 풀린 듯 스스르 주저앉는 미숙.

영애, 팔짱 끼고 생각에 잠겨 천장 보는데

영애야, 이영애!

영애, 미숙을 보면 서서 영애를 노려보는 미숙.

너! 수진이와 현모가 벌받는다고 생각하는 거니?

벌?

범죄인이라며? 둘다.

그건… 아니야.

수진이가 엘리베이터에서 날 보고 왜 비상구로 달아났을까 생각하고 있어.

미숙, 놀란다.

니가 아니고 날 봤음 수진이가 비상구로 달아나긴커녕 날 껴안고

울었을 거야.

아아 그랬겠지.

폐쇄성 뇌진탕과 골절같다더라. 닥터 구 말은

야~~ 너 왜 그렇게 친구한테 준엄하니. 니가 뭔데!

미숙이 악을 쓰다가 울자 영애, 두 손으로 얼굴 가린다.

결국 비상계단에 수진을 패대기쳐 다치게 한 건 영애 너야. 너 수진이 친구두 아니야.

응징해서 속이 시원하니? 윤여경 못 때리고 못 찌른 거 대리만족해?

그만해! 영애 악쓰며 침대 위로 쓰러진다.

아라호텔 옥상

닥터헬기가 이륙하여 밤하늘 속에 점이 되었다 사라진 어두운 공간을 응시하고 서 있는 희경.

왜 비상계단에서 추락했을까.

내가 문 열고 바닥의 구두와 옷을 발견하고 그대로 문을 닫았다면 일어나지 않았을 일인데

현모의 분노를 짓누르는 듯한 음성지원.

니가 비상계단까지 몰고 가 떠민 거야?

가쁜 숨 내쉬는 희경.

비상계단까지 몰고 가서라고 했던가, 끌고 가서라고 했던가

암튼 내가 떠민 거나 마찬가지다.

803호 그 방문을 바로 닫고 프런트로 내려가 다른 방을 달라고 했어야 맞다.

남편이 박수진 씨를 엄청 사랑하고 있구나.

아까 단타 헬기 탈 때도 계속 시선은 수진 씨에게 고정되고 옆에 선 난 쳐다보지도 않았지.

운 거 같았어. 수진 씨가 아파하는 게 미치도록 괴로운 거겠지.

30년 동안 저 남자가 우는 걸 난 본 적이 없는데.

희경의 두 눈에서 눈물이 주르르 흘러내린다.

진통제 든 링거액 손수 꽂아주고 수진 씨 손을 꽈악 잡고 뺨 어루만지면서 눈맞춤하고 있을까.

아파 본 적 없는 나, 애를 낳아본 적도 없는 나는 현모의 그런 보살핌을 받은 적이 없다,

아파도 지금 수진 씨는 얼마나 행복할까.

아무도 없는 텅 빈 옥상의 어둠 속에서 희경은 큰 소리로 엉엉 운다.

갑자기 옥상에서 뛰어내리고 싶은 충동이 일자 희경은 그 충동에서 도망치듯 옥상 비상구로 달려간다.

희경아, 희경아, 이런 일로 죽으면 안 돼. 절대 안 돼.

현모의 사랑 없이도 잘 살 수 있어야 해. 알았지?

희경은 스스로를 살살 달래며 엘리베이터를 탄다.

사랑은 원래 움직이는 거야. 현모의 사랑이 나에게서 박수진에게로 움직인 거야.

어쩌라고.

야! 구현모!

나의 사랑도 움직일 수 있어. 나도 현모 너보다 더 멋진 남자 사랑하게 될지도 몰라.

나 민희경도 박수진 못지않게 예쁘고 매력적인 여자야. 젊고 능력
있고 키도 내가 더 커.

아 나 웨케 이리 유치하지? 키가 뭔 상관.

하는데 8층에서 땡하고 엘리베이터 선다.

일단 샤워해야겠다. 머리도 시원하게 감고… 그리고 푹 자야지.

내일은 병원 출근 안 해도 되는 일요일이야. 신난다아~~

느지막이 일어나 이 호텔 아침 뷔페 먹어야징~~

20층 스위트룸

창가 테이블에서 와인 마시는 영애와 미숙.

영애, 폰들자

미숙, 자겠지 이 시간에….

자기는? 남편이 애인이랑 헬리콥터 타고 서울로 내빼는 꼴을 보고
잠이 온다고?

아아 민 박사. 나 이영애예요.

내일, 아니 오늘 8시 티오픈데 조인하지 않으실래요?

오케이.

7시 반에 아라CC 클럽하우스에서 커피랑 샌위치.

좋아요. 19홀은 도다리회랑 김정아 전시회 오케이?

미숙, 으휴우… 질린다. 와중에 그림 하나 팔아먹네.

김정아 작가 왕팬이야. 민박이.

근데 민박이 진짜 골프 좋아하나보다.

남편이랑 상대가 안 돼. 구력은 얼마 안 돼도 제대로 잘 배워서 거
리 방향 정확하고….

아아 결국 민박이 골프 치러 밤중에 왔다가 못 볼 꼴 본 거구나.

아 그렇지 안됐네.

암튼 민박도 우리도 골프는 쳐야지. 여기까지 왔는데.

그치. 그림도 팔아야 하고.

수진이가 죽은 것도 아니고 죽구 못 사는 닥터 애인한테 베스트 케어 받고 있으니….

하긴.

우리도 알람 틀어놓고 딱 세 시간 눈 붙여보자. 헛스윙 안 하게.

그러자.

아라호텔 아침 뷔페식당

여경 씨랑 같이 먹으면 뭐든지 맛있어요.

하하 뭐든진 아니겠지만… 제가 맛있게 먹어서 그렇겠지요.

어제 밤… 집사람이 벨 많이 오래 눌렀죠?

탑 라운지에서 놀다 오는 길에 복도에서 마주쳤어요. 내 방 벨 많이 오래 누르고 돌아서는 길인가 보더라구요,

먹던 포크 내려놓는 운오.

그래서요,

마침, 제가 속이 아주 안 좋아 토하려고 내 방으로 달려가던 중이었는데….

아아

나한테 접근하시는 바람에 토사물 세례를 받으셨어요.

운오, 울지 말지 웃지 말지 헷갈리는 표정인데

앞에 톱날 있는 과도 꺼내길래 바로 돌려차기로 뺏고 헤드락해서

주짓수로 제압하고 헥헥거리길래 칼 집어 들고 방으로 날랐죠.

잘하셨어요.

내일 11시에 김앤신의 김민우 변호사 선임해서 이영애 씨를 특수 상해 미수로 고소 들어갑니다. 귀찮긴 해도 재발 방지를 위해서요.

잘 생각하셨습니다.

근데 특수?

칼을 들었기 때문에 특수 짜가 들어간다네요. 미수고 초범이니 벌금 정도 나오겠지만 앞으로 반복하진 않으실듯해요. 사회적 체면도 있으시구요.

다니시는 주짓수 도장 알려주세요. 저도 배우겠습니다.

좋아요. 유도를 하셨어요?

학생 때 쪼끔 했습니다만

유도를 하신 분은 주짓수 아주 쉽게 익혀요. 몸 만드는데 최고에요. 빠르구요.

아하아… 감탄하는 운오.

운오와 여경, 눈맞춤 하며 웃는다.

아라CC 클럽하우스

커피와 샌드위치 즐기는 영애, 희경, 미숙, 민우.

미숙, 김변 어젯밤에 나랑 탑 라운지바에서 나와서 거기루 다시 기어 들어갔어요?

걸어 들어갔습니다. 내가 왜 깁니까.

영애와 희경, 커피 품 하고 웃는다.

왜 걸어 들어가셨어요?

아 여기 뭐 법정 심문 같네요. 하하 야식거리를 찾으러 갔습니다.
찾으셨어요?
못 찾구 팔찌만 털렸어요.
미숙, 어머, 하며 당황하는데
영애, 깔깔 웃는다. 털린 거예요?
희경, 무슨 소리예요?
영애, 네 이따 알려줄께요. 공치면서. 자~~ 이제 일어납시다.

주짓수 도장

영조, 대실망한다,
윤 작가님이 일요일 아침에 꼭 도장에 나오신다고 들었는데요.
아 맞아요. 근데 제주도 가신다면서 어제 토요일 아침에 오셨어요.
제주 아라호텔 가셨나?
호텔까지는 모르겠습니다.
관장은 영조를 의미심장하게 바라본다.
사채업자같이 보이는데 작가님이 빚을 지셨나? 설마.

VIP 병실

누워있는 수진 손잡고 있는 아라.
수술 안 해도 된데. 이대로 안정만 취하면되.
정말? 아아 살았다.
좋지.
음. 아아 나 바보 맞아 아라야.

하하 내 폰에 바보를 엄마로 바꾸었어.

엄마 바보 아니야. 엄마가 진짜 바보면 구 박사가 엄마를 그렇게 사랑할 리가 없어.

그치?

수진, 정말로 행복해한다.

침대 옆의 수진의 페라가모 플랫슈즈 들어보는 아라.

근데 이렇게 편한 플랫슈즈를 신고 어떻게 비상계단에서 넘어져.

너무 어두웠어.

현모가 아라에게 모든 얘길 다 했구나. 왜 비상계단으로 갔냐고 묻지도 않는 거 보니.

아버지한테 얘기 안 했지?

미쳤어?

아고오… 예쁜 내 딸.

링거줄 점검하는 아라.

이제 아프진 않아?

전혀. 엄마 진짜 많이 아팠는데 구 박사가 나한테 오니 싹 나가버리는 거야.

닥터헬기 타고 왔대서 나 엄마 죽은 줄 알았어.

구 박사 말로는 폐쇄성 뇌진탕은 며칠 지켜봐야 한대.

참, 구 박사님이 간병인 구했어.

어머….

곧 온다고 했는데, 시계 보는 아라. 아 왔다.

간병인 들어오고 아라는 나간다.

김포공항 입국장

애기하며 나란히 나오는 여경과 운오.

기다리고 있던 영조, 빙긋 웃으며 여경에게 다가가는데 재빨리 여경에게 다가와 여경의 작은 캐리어 뺏아 드는 해인.

해인, 운오에게 인사하고 여경을 싸안듯 하고 멀어진다.

영조, 저 쉐끼 뭐어야. 보호자 없다드니. 하고 해인의 뒷모습 노려보는데

아, 조 회장님.

아, 정 사장.

누구 마중 나오셨습니까?

아, 예에에….

그럼

인사하고 주차장 쪽으로 가는 운오.

마누라 마중을 다 나오고…. 아직 이혼 안 했나? 흘끗 영조를 돌아보면

영조, 전화 받고 있다.

아빠 지금 거기 어디야.

으응, 넌 어디냐.

체육관. 운동하고 있어. 거기 지금 김포공항 입국장이지?

어어~ 영조, 얼버무리는데

아빠 지금 황 먹었지?

황이 뭐야.

똥.

야이~ 씨이발녀나. 전화 끊어.

폰 확 접어 주머니에 넣고 주차장 쪽으로 가는 영조.

여경의 차 안

해인. 운전하고 옆자리에 여경.

선생님 이번 토요일에 드라마 제작발표회 해요.

6시 코엑스에요.

우와~~ 축하해. 이제 해인이 드라마 쓰는 거 실감 난다.

돈 받아야 쓰게 되는 거구, 화면에 극본 자막 떠야 하게 되는 거라면서요.

맞아. 근데 제작발표회 하면 극본 강해인 자막 확실히 뜨는 거야.

선생님 오실 거죠.

무슨 소리야. 제작발표회에 작가는 단 한 명이야.

아 정말 기분 좋다. 우린 이제 동료 작가야. 선생님 선생님 할 거 없어.

윤 작가님 그럴까요?

윤 빼고,

작가님?

그치.

여경 씨라고 부르면 안 되죠.

안 돼. 참 오늘 7시에 경수 리베르떼에 나랑 정운오 씨 저녁 초대 받았어. 해산물 오마카세.

집에 가서 옷 갈아입고 바로 가야겠네.

옷은 왜 갈아입으시는데요?

디너 초대에 너무 스포티한 차림 아냐? 청바지에.

경수한테 얘기했어요. 선생님 갑자기 방송국 미팅 잡혔다구요.

어머 왜.

오늘 저녁은 해산물 오마카세가 아니고 강해인 오마카세예요.

크하하하 널 먹으라구?

제가 선생님 드실 저녁 준비 다 해 놓고 공항 나온 거예요.

내 집에서?

아뇨. 저의 집에서요. 그러니까 지금 저의 집으로 가시는 거예요. 옷 갈아입으실 필요없어요. 제 집이니까요.

아우~~ 긴장되는데.

왜요.

남자 혼자 사는 집에 들어가 본 적이 없어. 더구나 밥을 먹다니. 것 두 남자가 한 밥을.

크하하하 남자, 남자 하니까 좀 이상해요. 선생님이.

해인이 남자잖아. 난 여자구. 아니야?

맞아요.

해인의 집 현관에 들어서면서 소리 지르는 여경,

카레 했구나?

네. 인터넷 검색해서 만들어봤어요.

해인이가 손수 만든 카레 넘 맛있을 거 같애. 먹자. 손 씻을 께. 화장실 어디야?

여경, 손 씻으면서 선반 살펴보는데, 구석에 샤넬19 향수병이 눈에 띤다.

해인의 책상과 책장과 의자 만져보는 여경.

해인은 열심히 식탁 준비하고 있다.

도와줘?

아뇨. 도와주실 거 없어요.

김치만 꺼내면 돼요.

해인의 침대에 앉아보는 여경.

베개보다가 살짝 냄새 맡는데 샤넬19 향기가 난다. 시트에서도.

얼른 일어나 해인의 책상 의자에 앉는다.

여기서 글 쓰는구나.

이리 오세요. 선생님.

카레라이스와 김치와 와인을 즐기는 해인과 여경.

넘 맛있다. 이렇게 맛있는 카레 첨 먹어봐. 한 접시 더 먹을래.

해인은 기뻐서 어쩔 줄 모른다.

수진의 병실

강남 수시미초밥집 쇼핑백에서 초밥과 된장국 꺼내 상을 차리는 간병인.

웬 초밥이에요. 병원에서,

좀 전에 의사 선생님이 이거 주시면서 사모님 앞으로 나온 밥은 내가 먹으라시네요.

초밥 집어먹으며 기어이 눈물 흘리는 수진.

코 풀고 물 마시고 문자 찍는다.

이렇게 맛있는 초밥은 생전 처음이에요.

마침, 예약이 취소되었다는 리베르떼 특실에 마주 앉은 현모와 희경.

말없이 식사하다 희경, 문득 현모 뒤의 벽에 걸린 그림 본다.

소피 오의 작품이네.

현모도 흘끗 돌아보면

소피 오의 그림을 보고 있으면 가슴 속에 아련한 행복감이 올라와서 온몸으로 퍼져나가.

좋네.

사게?

글쎄. 아까 아라호텔 전시장에서 김정아 작품을 구입해서 바로 구입하긴 힘들겠어.

내가 사줘?

됐어.

리베르떼 주방 안

구석 일인용 식탁에서 밥 먹고 있는 아라.

경수, 특실 분위기가 넘 심각해서 들어갈 수가 없네.

나 여기 있단 말 구 박사한테 하지 마.

안해. 이혼 협의하는 거 아닐까.

글쎄.

민 박사가 우리 엄마람 느네 엄마는 이미 사망했어.

휴으으… 폭언 폭행하는 건 자신이 불행하다는 증거야.

그렇겠지. 행복한 사람은 누구에게도 관대하고 친절해. 따뜻하고.

경수 오빠는 행복한 사람이네.

나, 누구에게도 관대하고 친절하진 않아.

아라한테만?

그렇지.

우리 코치한테 오빠가 식사 관리 매일 해준댔더니, 우승하면 청혼하래.

하하하 철의 여인의 청혼을 누가 거절하겠냐 이 거지.

그치. 근데 보통 여자들은 셰프랑 결혼하면 남편이 매일 요리해 바치는 걸로 안다?

그렇지 않다는 걸 넌 어떻게 아는데?

셰프가 직업인데 그걸 집에서도 해야 하면 싫을 것 같애. 집에선 쉬어야 하잖아.

맞다.

아라, 가방에서 누런 서류봉투 꺼낸다.

또 뭐야. 이번엔 얇네. 수표냐?

나 속초 트라이에슬런 대회 나가는 날, 해인 오빠 제작발표회자나.

그렇지. 근데?

이거 브리오니 양복 티켓인데 해인 오빠가 입고 제작발표회 갔음 좋겠거든.

해인이한테 전해주라구?

응. 내가 선물하는 게 아니구 경수 오빠가 주는 걸루… 부탁해.

왜 니가 해인이 양복 선물하면 안 되는 건데?

해인 오빠가 사랑에 빠졌단 여자에게 실례가 될 것 같아서 그래.

몸에 닿는 옷이란 게 그래. 선물한 사람이 안고 있는 기분이잖아.

별 해괴한 소릴 다 듣겠다. 내복도 아니잖아. 빤스도 아니고.

암튼 내 뜻을 존중해줘. 그렇게 해줘 오빠. 나 아라의 간절한 부탁이야.

아이… 씨의… 니가 이거 갖고 간~절하기까지 하다니… 알았어.
그럴게.

리베르테 특실

와인 두 병 비었다.
옥상에서 닥터헬기 탈 때 내가 옆에 있었던 거 모르지?
있었어?
헬리콥터 사라진 후 맨 처음 떠오른 게 당신 울은 얼굴이었어 난
생전 처음 본.
울었나?
옥상에서 추락할까 봐 문으로 막 뛰어갔지.
옥상, 위험해. 안전장치도 없고,
한숨 포옥 쉬는 희경.
나아 자기 매일 보고 싶어서 결혼한 거거든.
결혼하기 전에도 매일 봤지않나?
낮에만 봤잖아.
이렇게 말해서 미안한데 하고 싶은 얘기 간결하게 해줘. 나 마음이
좀 혼란해.
먼저 간결하게 말해봐.
정말 미안하다. 희경아.
그게 다야?
엉.
희경, 피식 웃는다.
미안하단 말이 더 이상 사랑하지 않는다는 말과 동일어라는 게

진~짜 실감되네.

더 미안해지네. 그렇게 말하니까.

암튼 수진 씨 매일 보고 싶은데 나 땜에 맘대로 못 만나는 거잖아. 나랑 결혼해 있기 때문에.

응.

수진 씨는 곧 이혼 판결 받을 거고 우리가 이혼하면 수진 씨랑 결혼할 수 있겠네.

할 수는 있지만 나도 수진 씨도 결혼할 생각은 없어.

서로 얘기해 본 거야?

그럼.

내가 병원 복도에서 여보 하고 뒤에서 부르면 병원에서 무슨 여보야 하고 짜증낸 것도

그래서지?

그래서라니?

사랑하는 사람이 병원에 입원해 있어서 지금처럼.

희경아, 우리 간결하게 말하자. 진실만. 더 이상 거짓말하기 싫어. 이혼, 니가 원하면 할게.

원해.

나랑 이혼하고 혼자 살아야 자유롭고 행복할 테니까. 수진 씨도 맘껏 만나고. 진심인데 당신이 행복하길 원해 내가 얼굴 못 보더라도. 병원 복도에서도 모른 척할게. 이제 좀 웃고 살아. 옛날처럼.

고마워. 미안하고….

양쪽 부모에겐 일단 비밀로 하자. 당신 찐팬인 우리 아버지 병나는 거 싫어.

콜.

아까 부동산에 집 내놨어. 바로 나갈 거래. 양쪽 부모님이 사주신 거니까 딱 반씩 가르자.

좋아.

좋지? 구현모는 이제 자유야.

고마워.

민우의 사무실.

소파에 모로 앉아 차 마시는 여경과 민우.

싸인 마친 서류를 사무장이 들고 가면

민우, 변호사 선임 절차 완료입니다.

대꾸없이 양쪽 벽의 그림 보는 여경, 김정아 작품이네요 둘 다.

곧 제주도에서 하나 더 올라옵니다.

가르띠에 러브 팔찌 만지작거리는 여경.

명품을 좋아하시나 봐요.

좋아하죠. 전 물건도 변호사도 남자도 명품만 밝힌답니다.

하하 감사합니다. 클라이언트에게서 이런 찬사를 받긴 처음입니다.

명품의 정의는 비싼 돈을 줄 가치가 있단 뜻이죠.

역시 선임료가 만만치 않네요. 하하.

법원에서 서류가 가면 이 관장이 분노 폭발해서 이 사무실로 뛰어들어올 것 같네요.

집기고 뭐고 다 뒤집어엎을 텐데.

업무방해와 재물손괴죄 추가하심 되겠네요.

참 말씀해 주신 조영조. 박수진 이혼소송요. 재산분할과 위자료가 엄청나 변호사님 성과금이 상당할 꺼 같아요.

그런 만큼 골치도 상당히 아픕니다. 상대 변호사가 제 대선배 원로에요.

그거 김변이 완승하도록 도와드릴게요.

예에?

1심 판결 나온 후 저쪽서 항소도 포기하도록 해드릴 수 있을 것 같아요.

윽? 어떻게요?

전문가에게 어떻게요? 는 디게 실례되는 질문이에요.

전문가? 작가님이?

설득 전문가요.

아아… 신음하는 민우. 제 성과금의 1할을 드리겠습니다.

까르띠에 러브로 선지불하셨어요.

으앙~~ 좋아 죽는 민우.

VIP 병실

홀마크의 엄청 화려한 생일 카드 보여주는 아라.

어 잘 골랐다.

겉에 일단 축 생일이라고 한자로 써.

생신 아냐?

열두 살 아랜데 뭔 생신이야 생일이지.

아라가 준 사인펜으로 축 생일이라고 카드 겉 장미꽃다발 위에 쓰는 수진.

검색해 봐도 생년만 나오고 생일은 안 나오던데 귀신같이 날짜 알았네.

하하 쫑까게 했징?

으악 어떻게?

주민등록증에 어떤 사진이 붙어있는지 엄청 궁금해요. 그랬지.

하하 그거 미숙 아줌마가 갈쳐준 거지?

엉, 어떻게 알아?

그거 무슨 드라마에 나온 대사야.

아 근데 뭐라고 쓰지?

불러줄 게 받아 써.

응

현모 씨의 50회 생일을 축하합니다.

줄 바꿔서

사랑해요. 마침표. 느낌표 말고 마침표.

줄 바꿔서 수진

왼쪽 면 밑에 PS하고 이 옷을 입고 계시면 내가 안아드리고 있는 느낌일 거 같아요.

쓰고나서 펜 놓고 우는 수진.

왜 엄마가 감격하는데?

니가 내 맘을 너무 잘 알아서 감동이야. 아라야. 보리오시 양복 아이디어 넘 기가 막히네.

보리오시는 빵 이름이구 브리오니.

아 브리오니.

이태리 최고 브랜드야.

브리오니 양복 입은 모습 빨리 보고 싶다.

보여주겠지. 당연.

현모의 진료실

오전 중만 백여명의 외래진료 마친 현모. 컴 끄고 의자 돌려 창 밖 보는데 간호사가 들어와 책상 위에 누런 서류봉투 놓는다.

구현모 박사님이란 글씨.

황급히 열어보는 현모.

카드 읽고 또 읽으며 흑흑 흐느껴 운다.

나훈아 사랑 노래 가사를 유치하다며 무시하는 사람은 정말로 사랑에 무식한 사람이다.

한 번도 진짜 사랑은 못 해 보고 안 해 본 사람이다.

'사랑은 눈물의 씨앗' 맞다.

한 사람 여기 또 그 곁에

둘이 서로 바라보며 웃네.

먼 훗날 위해 내미는 손

둘이 서로 마주 잡고 웃네.

한 사람 곁에 또 한 사람

둘이 좋아해.

긴 세월 지나 마주 앉아

지난 일들 얘기하며 웃네.

한 사람 곁에 또 한 사람.
둘이 좋아해.

한 사람 여기 또 그 곁에
둘이 서로 바라보며 웃네.
둘이 서로 바라보며 웃네.

급하게 낙원상가를 다 뒤져서 산 낡은 통기타로 미숙이 '한 사람'
노래 부르자.
민우 父 우영, 반색하며 따라 부른다.
아~~ 이 노래! 하며 익숙하게 화음까지 넣는다.
대학 다닐 때 엄청나게 불렀던 노래예요.

긴 세월 지나 마주 앉아 지난 일들 얘기하며 웃네
이 가사가 바로 지금 우리네요.
아! 그래요. 그래요. 미숙 씨 저 지금 너무 행복합니다.
저두요. 우영 씨 정말로 기뻐하시는 모습에 저도 정말로 행복해요.
아아 노래 선곡이 기가 막히네요,
하하 저 여러 날 생각생각 고민고민 했더랬어요.
우영을 빤히 보는 미숙.
우영, 멋쩍어하며
미숙 씨는 그대로인데 전 폭싹 늙었네요.

아니에요. 어쩜 그렇게 아드님 민우 씨랑 똑같으세요?

그래요? 난 잘 모르겠는데.

지금 민우 씨가 분장실에서 노인 분장하면 딱 이 얼굴 나올거 같아요.

두 사람 유쾌하게 웃는다.

우리 이 노래 한번 더 불러봅시다. 기타 저 좀 줘봐요. 될지 모르지만 한번 쳐보고 싶네요.

미숙, 기타 들고 테이블 건너와 우영과 나란히 앉아 우영 연주 도와주며 듀엣으로 다시 부른다.

노래하다 눈물 흘리는 우영.

미숙이 크리넥스 뽑아 닦아주고 볼에 잠깐 쪽 입 맞추자, 황홀경에 기절해 나자빠질 지경인 우영.

정말 감사합니다. 미숙 씨.

이 추억 가지고 떠나겠습니다.

하하 천천히 떠나주세요. 서두르지 마시고요.

사실은 안 떠나고 싶네요. 하하.

떠나지 마세요. 우리 종종 만나요.

종종?

네 종종.

두 사람 또 유쾌하게 웃는다.

우영의 아파트 앞

미숙이 운전하는 차가 선다.

미숙 옆자리의 우영이 내리려고 안전벨트 푸는데

미숙, 아드님이 보내드렸다는 제 동영상 어떤 건지 궁금해요.

보여주지 말랬는데…

옛날 거예요? 영화?

에이 아들놈 말보다는 사랑하는 미숙 씨 말을 들어야지 하며 폰 들어 동영상 보여주는 우영.

최근 찍은 요실금팬티 광고 동영상이다.

어머어머… 민우 씨 혼내줘야겠네. 이 흉한 걸….

흉하기는요. 너무 예뻐요, 마누라 눈치 보여 저도 화장실에서만 봐요.

미숙, 우영의 어깨를 툭 치다가 한번 살짝 안는다.

어쩜 마지막일 거 같단 생각.

마지막, 맞았다.

그 삼 일 후 인터넷뉴스에 김우영 전 코트라 회장 부고와 사진이 떴다.

호텔 헬스장

PT의 지도하에 웨이트트레이닝과 근육훈련하는 영조.

오늘은 작가 선생님 나와 계셔서 두리번거리시지 않고 집중하시니 좋네요.

언제 두리번거렸다는 거야.

안 나와 계실 때요.

속도 강도 높이며 자전거 타고 있는 여경.

종이와 사인펜 들고 옆에 선 영조.

또 쓰러지시나 하고 기다리는 중이요.

여경 하하 웃으며 자전거 멈춘다.

무얼 기록하시는 거예요?

영조, 남자 향수 좋은거 하나 적어봐주슈. 판매처하고요. 영어로 쓰실 때는 한글 병기하시구요.

여경, 종이 받아서 써서 주면

영조, 받아서 자세히 보는데

여경, 저도 이거 하나 사서 선물하려고 하는데 운동 끝나고 같이 가실래요?

누구한테 선물하시려구요?

제 제자가 작가데뷔 해서 곧 제작발표회 하는데 이 브랜드 양복을 선물할까 했는데 친구가 이미 샀다고 해서 이 브랜드의 향수를 사줄까, 지금 막 생각났어요. 써드리면서.

아, 그래요?

너무나 즐거워하는 영조.

아침 뷔페 내가 살게요.

아유우~~ 오늘은 제가 살거에요.

아, 운동 이만하고 바로 뷔페식당으로 갑시다.

저 지금 왔는데요. 40분 운동하고 20분 씻고 올라갈게요.

이 가게 문도 10시 돼야 열어요.

PT에게 돌아가며 시계 보는 영조.

40분 운동하고 20분 씻고… 흐흠.

빙긋 웃는다.

아하, 김포공항에 마중 나온 그 젊은 놈이 제자로구만.

브리오니 향수 든 쇼핑백 각각 들고 숍을 나오는 영조와 여경.

여경, 영조의 귀와 목덜미에 코 대고 냄새 맡자 흥분하는 영조.

왜 이러쇼 작가 양반.

역시 향이 좋네요. 회장님 분위기하고 어울려요. 본인이 쓰시려고 산거 맞지요?

그럼요. 난 이런 거 선물할 제자 없어요.

회사에 급한 볼일 없으시면 제가 차 한잔 사드릴 수 있을까요. 의논드리고 싶은 것두 있구요.

하하 작가님께서 조폭이랑 무신 의논입니까.

하하 여자가 지 맘에 드는 남자한테 의논드릴 거 있다는 거 작업멘트예요.

그으래요? 금시초문입니다.

글구 조폭 아니신 거 알았어요.

시간 정말 괜찮으신 거죠?

세 시에 수원에 갈 일이 있고 그 외엔 오늘 올프리입니다 프리.

영조를 거의 끌어안다시피 하여 투섬플레이스로 들어가는 여경.

이 집 당근케이크가 너무너무 맛있어요.

커피랑 당근케이크 사 드릴게요.

아까 아침 뷔페 사 주시고 또 뭘 사 주시겠다구….

영조는 일생 여자에게서 뭘 사 받은 기억이 없는 걸 문득 생각한다.

당근케이크는커녕 당근쪼가리라도.

다 자기에게 얻어먹고 기대고 요구하고 뭔가 뽑아먹으려는 여자밖에 없었다고 생각한다.

아내도 딸도 친척이나 처가의 여자들도 회사 여직원도 술집 여자들도….

여경이 사 주며 권하는 당근케이크에 달달한 캐러멜 마키아토를 먹으며 영조는 난생처음으로 자기에게 개인적으로 뭘 바라지 않는 여자의 썰에 매혹되어 점점점 끌려가고 있었다.

경수의 오피스텔 지하주차장

수산시장으로 출발하기 위해 얼음 찬 아이스박스 두 개를 차 트렁크에 싣고 운전석으로 들어가려는데 건너편에 못 보던 흰색 토요타 하이브리드 차 문을 여는 현모를 보게 되는 경수.

앗. 구 박사님과 내가 이웃이 된 건가.

아라한테 언뜻 들은 말이 생각난다. 번개 이혼 번개 별거.

이미숙 아줌마가 발 벗고 나선 오피스텔 번개 구입, 번개 수리, 번개 이사.

그게 내가 월세로 든 이 오피스텔이라니.

달려가서 인사할까 하다가 운전석에 앉아버리는 경수.

아버지 주치의인 민희경 박사님의 쓸쓸한 얼굴을 떠올렸기 때문이다.

우울증의 특효약이 열애라며 내 아버지의 연애를 기뻐하시던 다정한 민희경 선생님.

저 남편은 우울증도 아닌 데 연애에 빠져 아내와 헤어지나.

아무 애정도 없는 남편을 물귀신처럼 물고 늘어져 절대 놓아주지 않고 있는 자기 엄마 이영애 여사를 떠올리며 같은 상황에서 사람들

259

은 어찌 이리 반응이 다를까 생각해 본다.

구 박사의 토요타가 간 길을 따라 주차장을 나가는 경수.

경수는 문득 지금 이 시간 양양고속도로를 달리고 있을 아라를 생각해 본다.

아라는 지금 이 시각 수산시장을 가는 경수를 생각하고 있을까 생각해 본다.

아니란 생각에 문득 쓸쓸해지는 경수.

스피커폰으로 해인에게 전화한다.

남산 둘레길을 달리며 호텔 헬스장에서 웨이트트레이닝을 하는 여경을 생각하는 해인.

폰이 울리면 야호! 하고 들어보는데 경수다.

왜!

김 팍 새서 저절로 퉁명한 목소리가 되는 해인.

오늘 제작발표회 축하합니다. 강해인 작가님.

하하 어제 브리오니 양복 찾았어. 가격 알아보니 눈깔이 튀어나오겠드만. 과용하셨어. 자기도 못 입는 양복을….

하하 선물이란 그런 거 아니겠어? 그건 그렇고 오늘 아라 트라이에슬런 대횟날이거든.

아 그렇지. 속초서 한댔지?

지금 양양고속도로 달리고 있을 텐데 사랑하는 해인 오빠가 격려 전화 한번 해주면 디게 신나 할 거야.

알았어.

양양고속도로를 달리는 아라의 차.

스피커폰 울리고 아라야아~~ 하는 해인의 목소리에 자지러지는 아라.

아아아 해인 오빠아아아~~

너 지금 양양 고속도로 달리고 있지?

어어어 오빠 귀신이네 남산에서 내 차가 보여?

그래, 우승하겠다고 기 쓰지 말고 그냥 하루 즐기고 와! 세 가지 완주만으로도 아라는 이미 철의 여인이야. 파이팅!

나 우승할 거야 오빠. 내년 1월에 시드니대회 가야지.

오빠는 오늘 제작발표회 잘해~~ 오빠 무대 등장하면 배우들 다 기 팍 죽을걸.

작가는 무대 등장할 일 없어.

있어! 안 가봐서 모르는구나. 난 가봤단 말이야.

그래그래. 고마워. 운전 조심하구… 화이팅 조아라!

오빠두 홧팅!

아라의 얼굴 환해지며 가속페달 밟기 시작한다.

리베르떼 주방

일하며 종일 속초 트라이에슬런 대회 실시간 중계 보고 있는 경수.

야아아~ 3위에서 더 내려가는 일이 없네요. 아라 씨.

지구력 하나 끝내준다.

다 셰프님 리베르떼 밥심 아닌가요?

주방 식구들이 즐거워하는 게 너무도 고마운 경수.

오늘따라 예약 손님이 풀로 차서 바쁘다.

미숙과 함께 퇴원하여 현모의 오피스텔로 온 수진.

미숙은 우영의 빈소에 갔다 온 검은 옷차림이다.

미숙아 나 지금 꿈꾸고 있는 거 같아.

여기가 현모 씨 집이야?

식탁 위에 초밥 이 인분과 데우기만 하면 되는 된장국과 와인과 와인글래스 둘 챙겨주고 미숙이 사라지려는데 미숙을 와락 부둥켜안고 우는 수진.

야! 그만 울어. 화장 지워져.

미숙, 시계 본다. 좀 있음 현모 씨 퇴근할 거야.

퇴근?

오늘 브리오니 정장 입고 출근했더라.

어엉?

수진, 눈물 닦으며 활짝 웃는다.

경수 오피스텔 주차장

미숙의 흰 벤츠가 떠난 자리에 하얀 토요타 하이브리드가 들어온다.

백송이 넘을듯한 엄청나게 큰 붉은 장미 다발 안고 운전석에서 나오는 현모.

브리오니 정장 수트빨이 진짜 죽인다.

엘리베이터 쪽으로 걸음 옮기는데 풀메이컵하고 여신 복장으로 나와 서 있는 수진.

두 사람 미친 듯 끌어안고 난리발광하다가 수진이 꽃다발과 가방을 쥐고 현모가 수진을 덥썩 안고 엘리베이터를 탄다.

원도 한도 없이 키스하고 끌어안고 비벼대는 두 사람.

이 사랑은 언제 자연연소 되며 막이 내릴까.

물론… 생각하기도 싫겠지, 그런 거.

속초 트라이에슬론 대회 시상식

여자 성인 부문 2등으로 은메달을 획득한 아라. 시드니대회 출전이 확정되었다.

단골손님 만석의 리베르떼 홀에서 경수가 모두에게 샴페인을 돌리며 여친이 철의 여인이 되었음을 자랑한다.

제작발표회 마친 해인, 뒷풀이 자리에서 살짝 빠져나와 여경의 집으로 향한다.

종일 여경 생각뿐이었다.

지하주차장 들어가니 엘리베이터 들어가는 입구에 튜우립 꽃다발과 브리오니 향수를 들고 서 있는 여경.

빙긋 웃고 있다가 해인이 운전석에서 나오자 꽃과 향수를 준다.

축하해.

방송기자들한테 인기짱이었단 소식 들었어,

감사합니다. 향수?

브리오니 양복 선물 받았대서 브리오니 남자 향수를 샀어.

아하 감사합니다.

샤넬 나인틴은 여자 향수니까 쓰지 마.

앗

해인의 표정 순간 얼어붙는데

선물 또 있어. 이 차. 해인이한테 선물이야. 중고지만 알다시피 나 차 곱게 쓰잖아. 장거리도 안 뛰고.

어

해인 감격하는데 지금 타고 가고 다신 여기로 들이밀지 마. 해인이 차니까.

선생님은요.

난 새 차 하나 뽑으려구. 도요타 하이브리드루.

네에.

자, 해인이 차 몰구 가.

대본 써야지. 이번 주 벌써 일이 회 먹어들어가는데.

좀 써놓은 거 같아두 촬영 시작되면 금방 달아나. 게다가 내놓은 거 수정 요구받게 되면 맘이 다급해져서 진도가 안 나가.

나 쓸 때 해인이 같이 당해봐서 알잖아.

맞아요. 갈게요. 선생님.

꾸뻑 인사하고 떠나는 해인.

해인의 차 멀어져가는 모습, 안 보일 때까지 보는 여경.

해인이한테 브리오니 정장을 선물한 친구가 누구일까.

생각해 보다가 그런 생각을 하는 자신에게 웃는 여경. 야 웃긴다.

너.

속초시장, 밤

허름한 주막 스타일의 식당에서 홍게라면과 소주 한 병을 먹는 아라,

경수 전화.

여친이 철의 여인 됐다고 저녁 손님 전체에 샴페인 돌렸어.

하하하 리베르떼로 날아가고 싶네. 해인 오빠 제작발표회는 아직 안 끝났나 전화도 안 받네.

지금 아마 배우. 스텝 등이랑 뒤풀이 중일걸?

그렇겠다.

넌 저녁 뭐 먹어?

홍게라면.

아, 맛있겠다. 찍어줘 봐. 어떻게 생겼나 보게.

사진 찍어 보내는 아라.

어라 소주가 있네.

하하 샴페인 대신이지.

반병 이상 마시면 안 돼.

알았어

근데 사진 보니 빈 병 같은데 벌써 다 마신 거야?

하하 홍게라면이랑 합이 짝짝 맞네. 보름 동안 오빠 맛없는 근육보 강푸드에 질렸다가 말이야. 하하하.

클났네. 소주 반병에 헤롱헤롱하는 니가. 지금 거기 어디야

속초시장 안이야.

빨리 숙소로 가. 어디야.

바닷가 시마크 호텔이야.

지금 바로 일어나서 호텔로 가. 알았지?

어어엉.

시마크 호텔 앞 바닷가

어두운 바닷가 벤치에 앉은 아라.

눈 가물가물하며 해인에게 전화한다.

어, 아라야.

해인 오빠아아아 소리 빽 지르는 아라. 정신 번쩍 드는 듯.

나 우승 못 하구 2등 먹었어.

우와~~~ 잘했다아 축하축하 우리 철의 여인 조아라 만세에~~~

오빠 제작발표회 잘 끝났어?

응 지금 집으로 가는 차 안이야.

택시?

아니?

차 샀어? 오빠.

아니, 윤여경 선생님이 쓰시던 차를 나한테 선물로 주셨어.

우왕~ 차종이 뭐야.

벤츠 200

오빠 지금 그거 타구 양양고속도로 달려서 나한테 올 수 있어? 두 시간이면 와.

여기 시마크 호텔이야. 오션뷰 죽여. 하하

으음. 나 지금 너무 피곤하구. 대본두 밀려 있어 힘들겠는데?

피이.

미안해.

미안하다고 말하는 건 사랑하지 않는 증거라든 데?

해인의 오피스텔 주차장으로 들어가는 여경의 차.

주차장에 차 세우는 해인.

아라야 목소리가 이상한데? 술 마셨어?

소주 한 병.

으아아 너너 소주 반병이 치사량이잖아. 미쳤어? 거기 호텔 안이
야. 방이야?

아니 바닷가야.

빨리 방에 들어가. 여자 혼자 밤에 위험해.

정말 걱정되면 이리 달려와 오빠. 보고 싶어. 지금 시간이면 딱 두
시간이면 와.

아라야. 제발 방으로 들어가서 자.

내일 아침에 올 거지? 내일 보자. 나 지금 두 시간 운전 못 해.

아라의 울음소리 들리는 데 그대로 전화 끊는 해인.

해인의 방

해인, 샤넬 나인틴, 여경 좀이 진득한 베개와 시트 끌어안고 잔다.

속초 바닷가 밤

바닷가 벤치에 쓰러져 잠이든 아라.

검은 롱 점퍼 입은 남자가 성큼성큼 다가와 쓰러져있는 아라를 어
깨에 둘러메고 바다를 향해 큰 걸음으로 걸어간다.

리베르떼 주방

정리 마치고 불 끄는 경수.

불 다시 켜고 아라에게 전화한다.

안 받는다.

경수, 고개 갸우뚱.

왠지 불안한 생각에 다시 전화한다.

바닷가 어두운 벤치

구석에 놓인 아라의 폰 울리며 경수라고 글자 뜬다.

지나가던 스포츠웨어 차림의 남자가 수화기를 집어 든다.

여보세요.

아 누구세요. 조아라 씨 폰 아닌가요.

여기 바닷가 벤치인데요. 전화기가 울리고 있어서 받았어요. 여기 두구 간 모양인데요.

아, 감사합니다. 조아라라구 오늘 거기서 트라이에슬론 대회 참석한 선수거든요?

거기 시마크 호텔이 숙소인데

아 저두 그 대회 참가한 선수입니다.

제가 오빤데 술에 취해 있었거든요? 사고 난 거 같은데 그 전화를 일단 호텔 프런트에 맡겨 주시구 죄송하지만 조아라 선수가 방에 있나 확인해 주시구 없으면 속초경찰에 수색 신고해 주시겠습니까. 여기 서울인데 제가 바로 거기루 가겠습니다. 선수시랬죠? 성함이 어떻게 되십니까.

김경수입니다.

아 저두 경수입니다.

네 이 폰에 경수 글자가 뜨더라구요. 알겠습니다. 말씀하신 대로 하겠습니다.

감사합니다.

경수, 거의 광속도로 양양고속도로로 차를 몰며 계속 스피커 폰으로 시마크 호텔과 속초경찰서와 연락한다.

해인이 달려와 주었으면 하고 아라가 애걸하던 그 양양고속도로를 경수가 달려간다.

강간당하기 직전 깨어나 치열한 몸싸움 끝에 남자가 돌을 집어 아라의 머리를 쳐 아라가 쓰러진 상태에서 경찰의 서치라이트를 받고 도망가던 놈은 잡히고 아라는 속초병원 응급실로.

경수가 계속 보고를 받으며 병원에 달려갔을 때는 아라는 두부열상으로 긴급수술을 받고 있었다.

여경 향 속에서 곤히 잠든 해인을 깨운 경수의 전화.

잘 들어. 여기 속초보광병원이야.

으앙 뭐야

아라가 사고를 당해서 머리 수술을 했어. 아직 의식이 완전히 돌아오진 않았는데 계속 해인 오빨 부르네.

아, 나보고 오랬는데 내가 못 갔어. 어쩌지? 어쩌다 사고가 난 거야?

그거 말할 시간은 없구 지금 출발해서 바로 이리 좀 와. 윤 작가님 차를 좀 빌리면 안 될까?

지금 차 있어. 어제 나 주셨어.

잘됐다 바로 출발해서 와. 너 오면 나는 바로 서울 갈게. 수산시장 보고 식당 문 열어야지.

수산시장, 식당 운운 차분한 경수의 음성에 이상하게 소름이 돋는 해인.

양양고속도로.

안 밀리면 서울서 2시간 거리라는….

아라가 갔고 경수가 달려갔던 길을 이제 해인이 달려간다.

선생님이 이거 알고 차를 주셨나. 이 와중에도 여경을 생각하는 해인.

고속도로 한번 안 타고 곱게 쓴 차라구 하셨는데….

자기 '를' 사랑하는 여자가 머리를 다쳐 무의식 속에 지 이름을 부른다는데 자기 '가' 사랑하는 여자의 차를 생각하는 남자.

속초병원 회복실

경수는 장사하러 서울 가고 아직 의식이 돌아오지 않은 아라를 지켜보고 서 있는 해인.

암튼 아라가 살아났다는 것에 감사한 마음이 드는 해인.

눈 감은 아라의 얼굴에 가까이 다가가 보는데 눈을 뜨는 아라.

해인 오빠

아라야 정신 들어?

응 와줘서 고마워 오빠. 왔네. 안 오는 줄 알았징.

아라는 밤중의 사고를 잊고 자기가 전화하자 해인이 달려왔다고 생각한다,

시마크 호텔, 오션뷰 죽인다는 방에서 같이 잔 걸로 안 걸까.

어머 여기, 여기 병원 아냐 오빠? 나 왜 여기 있는 거야 오빠.

울다가 다시 의식을 잃는 아라.

간호사 다가온다.

아까 그 오빠는 가셨어요?

네 제가 보호자입니다.

현모의 오피스텔

희경에게 전화해서 구현모 박사의 전화번호를 알아낸 경수가 현모에게 전화를 한다.

양양고속도로의 차 안에서.

자다가 전화 받는 현모.

속초보광병원. 알았어요. 내가 여기서 알아보고 바로 우리 병원으로 이동하게 할게요,

아 출혈이 심하니까 응급수술 한거지.

놀라서 일어나는 수진.

응급 환자 콜인가요.

네 아라예요. 속초에서 머리를 다쳤네요. 지금 경수가 전화했어요.

아아 어떻게….

여기저기 전화하고 급히 옷 입고 나가는 현모.

우는 수진을 잠깐 안아준다.

걱정하지 말아요. 두피열상이라고 좀 찢어진 거 꿰맨 거예요.

근데 왜 이 밤중에 서울까지 이동하게 하는 거죠?

안심이 안 돼서요. 아라는 수진 씨 딸이잖아요. 수진 씨 딸은 내 딸이에요.

수진을 한 번 더 안아주고 나가는 현모.

닫혀진 문을 만지며 다시 우는 수진.

나… 벌받는 거 아닌가요.

벌받는 거 아니다. 사랑한다고 벌 받지 않는다. 사랑하지 않는다고 벌받는 것도 아니다.

커다란 고통, 슬픔, 아픔은 벌이 아니고 커다란 기쁨, 깨달음, 감사의 전조다.

속초병원

회복실에 누운 아라와 해인이 서로 손을 잡으며 도란도란 얘기 나누고 있다.

아라는 트라이에슬론 경기를 얘기하고 해인은 제작발표회 얘기를 한다.

아라는 끔찍한 사고를 잊은 것일까. 잊은 채 하는 것일까.

해인을 보는 아라의 눈에 하트가 뿅뿅뿅거린다.

남자 간호사들 들어온다.

환자 서울삼성병원으로 이송합니다. 보호자는 엠블란스에 타시겠습니까?

저는 제 차로 따라가겠습니다.

아라의 섭섭한 얼굴을 무시한 채 해인은 오로지 여경이 준 차 생각만 한다.

아라의 손잡는 해인.

병원까지 따라갈게. 병원서 봐.

VIP 병실

며칠 전 수진이 누웠던 그 병상에 머리 싸매고 누운 아라.

현모의 섬세하고 따뜻한 치료와 케어를 받으며 오랜만에 몸과 마음의 휴식을 즐기는 아라.

해인, 경수. 수진. 미숙. 영애. 민우, 권투 코치, 체육관장, 영조와 서울, 수원, 제주의 온갖 외가 식구들이 항상 뭔가를 들고 문병하고 현모가 구해놓은 유능한 간병인 주머니엔 반으로 접은 5만 원 지폐가 마를 날이 없다.

아라는 경수가 자기의 생명을 구한 것을 해인 통해 알게 되었다.

경수 오빠가 넘넘 고맙지만 그렇다고 아라의 사랑이 해인에게서 경수에게서 움직이는 건 아니다.

고마운 마음과 사랑은 별개다.

너무나 고마운 사람을 사랑하지는 않을 수도 있고 개코도 안 고마운 사람을 사랑할 수도 있다. 전자가 나쁜 사람이고 후자가 미친 사람인 게 아니다.

報恩… 은혜에 대한 보답은 인간의 의무이지만 의무적인 사랑은 포함되지 않는다.

보은 사랑, 보은 결혼…, 이렇게 보은에 꼬리가 달리면 보은의 본질은 왜곡된다.

인어공주 동화에서 엔딩 말고 젤 안타까운 부분.

난파선에서 바다로 빠진 왕자를 구한건 인어공주 였는데, 왕자에게 가고싶어 마녀에게 다리를 얻고 대신 자기 혀를 주었기에 왕자를 구한 게 자기였단 말을 못 한 바람에 왕자가 이웃 나라 공주와 결혼한 부분.

구해줬단 말을 해서 왕자가 그걸 알았다고 인어공주를 꼭 사랑하고 인어공주와 꼭 결혼했을까. 그건 아니다.

다만 사랑하는 왕자를 죽일 수 없어 자기가 물거품이 되어버리는 인어공주의 사랑은 진짜 사랑이다.

자기의 공을 알아주지 않아도, 자기를 사랑해 주고, 결혼해 주지 않아도 기꺼이 자기 사랑을 주며 상대가 자유롭고 행복하기를 원하는 게 진짜 사랑이다.

경수의 아라에 대한 사랑이 진짜 사랑이다.

진짜 진짜라며 들먹이는 건, 가짜 참기름만큼이나 가짜 사랑이 흔하기 때문이다.

보은사랑도 가짜 사랑이다.

경수 오빠, 오빠가 나 살린 거 알아. 너무 고마워.

고맙긴 뭐… 사실은 내가 미안해. 후회하고 있어.

아라, 놀란다. 무언가? 왜?

니가 속초시장에서 홍게라면이랑 소주 한 병 클리어 한 거 알았은 때 바로 양양고속도로를 달려서 너한테 가야 했어. 그러면 너 사고 안 당했어. 너무 후회되. 아무 소용이 없지만.

달려오지, 그랬어. 말로만 걱정했어? 오빠 나 사랑하잖아!

아아 아라 이런 나쁜 애, 얄미운 애, 경수는 아라가 미워지고 싶은데 그게 안 된다.

사랑하니까.

왜 안 온 거야. 빨리 호텔로 가라고 독촉만 하고. 그 시간에 양양고속도로 두 시간만 달리면 속촌데. 왜애에!

왜라구? 어휴 이게 인제 내가 안 온 걸 따지기까지 하네.

경수는 아랫입술을 깨문다.

두려웠어.

엥? 뭐가.

너랑 호텔방에 둘만 있게 되는 게.

엉? 오빠랑 나랑 섹스하게 될까봐? 그게 두려웠던 거야?

송곳같이 묻는 아라에게 니가 사랑하는 해인이가 맘에 걸려서라고 말할 순 없었다.

뻔~히 알면서 묻는 거다. 잔인한 년!

경수 눈에 진짜 본의 아니게 눈물이 차오른다. 가야 해.

아라야. 우리 지나간 얘기 하지 말자. 나갈게. 디너 준비할 시간이야.

참 이거… 니 도시락.

보자기에 싼 아라의 디너도시락을 침대 사이드 테이블에 놓고 돌아서는 경수.

간병인 호호거리며 환자 저녁 또 내가 먹게 생겼네요.

네~~ 그래 주세요. 병원 식사 별로 맛은 없지요?

아아 여긴 VIP실이라 끼마다 특식이에요~~

아 예에~~ 감사합니다.

간병인에게 인사하고 아라를 보지 않고 나가는 경수.

경수는 자기 눈이 빨개진 걸 아라에게 들키고 싶지 않았다.

아라 머리를 깬 놈은 폭행치상, 강간미수범으로 5년 실형을 받았고

이 영애관장은 1심에서 특수폭행미수로 벌금 2천만원 물고 항소 포기 했고 도장 밖에서 주먹을 휘두르는 버르장머리를 싹 고쳤다. 금융치료.

수진과 영조의 이혼소송은 수진 측의 압승으로 끝이 났다.

수진은 1심에서 이혼 판결과 함께 아라호텔과 조은식품의 주식, 위자료 200억 원 판정을 받았고 여경의 장담대로 조영조 측에서 항소 포기를 해서 1심대로 확정되었다.

돌싱 커플이 된 현모와 수진은 3박4일로 프라하 여행을 떠나 행복의 절정을 누린다.

아버지 우영의 빈소에 나타나 카메라 세례와 함께 옐로우 가십 세례를 받은 미숙.

이 일을 계기로 민우는 미숙의 새로 시작한 드라마 야외촬영장에 나타나 밥차, 커피차를 수시로 쏘고

미숙의 드라마 스튜디오 세트장에 침입, 어두운 데서 갑자기 잘생긴 얼굴을 디밀어 원로 연기자 체면 구기게 미숙이 대사를 까먹게 만들기도 했다.

민우는 수진이 제주도로 내려가 적적하시겠다며 미숙의 집에 가서 냉장고에 있는 재료로 훌륭하게 식탁을 차려 미숙을 즐겁게 했다.

때로 미숙이 늦잠을 즐긴 아침, 느지막이 부엌으로 가면 통상의 아침식사 메뉴를 총망라한 훌륭한 아침 식사와 커피콩부터 민우가 갈

은 게 분명한 커피가 준비되어 있고 법원에 갑니다. '사무실에 갑니다.'라는 예쁜 글씨의 스티커가 식탁에 붙어있기도 했다.

이성 간의 일대일 관계에서 친구와 애인의 구별은 명확하고 가시적이다.

섹스와 안 섹스로 구분된다.

민우와 미숙은 이제 친구가 아니고 애인이다.

병원장으로 승진한 현모.

제주에 상주하며 두 동생과 아라호텔과 아라CC의 최대 매출에 야심 차게 전력투구하는 수진.

매주 말마다 제주로 내려와 아라호텔에 머무는 현모는 활발하게 사업에 매진하는 수진을 보며 한없는 기쁨과 보람을 느낀다.

현모의 권유로 시작한 수진의 골프 실력은 일취월장하여 이제 제주의 골프여제로 군림한다,

그것도 현모를 행복하게 한다.

수진은 더 젊어지고 더 예뻐지고 더 사랑스러워진다.

사랑스럽고 자랑스러운 나의 애인, 수진.

매일 대여섯 개의 수술을 해도 평균 수술 대기기간이 6개월인 척추 허리 다리 수술명의 구현모.

주말마다의 제주행이 피곤하기는커녕 다음 일주일의 활력소가 된다.

희경은 헬스장에서 여경과 영조를 알게 되고 여경의 술수로 셋이 유쾌한 싱글 삼총사 친구가 된다.

희경은 영조의 여경에 대한 성적 접근의 훌륭한 방패막이가 되어 준다.

영조는 자기 돈에는 일체 관심 없고 걸핏하면 비싼 밥 사 주는 작가님 여친, 의학 박사님 여친이 너무 자랑스럽고 사랑스럽다.

여경과 희경이 서로 질투하며 자기를 차지하려고 경쟁한다는 착각 속에 무척이나 황홀해하는 영조.

그런 영조를 귀엽게 보며 살짝 이용도 해 먹는 노회한 실리주의자 여경.

영조는 비록 재산 손실은 막대했지만 간섭하고 간섭받는 마누라가 없는 것이 나쁘진 않다는 생각마저 들며 사는 게 매우 즐겁다.

한편, 일요일 아침마다 주짓수 도장에서 몸 만드는 영조, 운오, 여경은 점점 몸짱이 되어간다.

드디어 식스포켓 초콜릿 복근을 만든 영조는 조은식품 신제품 조은컵짜장 모델로 짜장컵 뚜껑에는 물론 광고전단지, TV CF에까지 갸름해진 얼굴과 복근을 과시하게 된다.

조은식품 신제품 조은컵짜장 판매고가 격투기 스타 추 성훈이가 광고한 짜슐랭을 넘어서는 순간 영조는 자기의 스타성에 전율한다.

영애, 수진, 미숙 삼총사는 일본과 필리핀 등으로 골프 여행을 자주 떠나는데 종종 민우가 가방모찌 겸 전속 변호사로 동행한다.

운오는 아버지에게서 물려받은 드넓은 여주 땅에 여경원이라는 영국식 정원을 조성하고 애프터 눈 티 카페를 설계하여 건축하고 여경의 주선으로 아라카페란 이름으로 조은식품에서 즉 영조가 경영하게 되고 모든 법률자문을 민우가 맡는다.

아라카페의 벽에 호성박물관 소장 작품 12점을 영조가 일괄 현찰 구입하면서 영조는 영애의 눈에마저 들게 된다.

그림 보는 법을 가르쳐달라고 조르는 영조에게 영애는 상당한 호감을 느낀다.

영애가 두바이, 아부다비. 사우디의 전시회에서 석유 거부 왕자 떨거지들을 만나 느낀 바.

영애는 돈이 많고, 돈을 문화 예술 쪽에 거침없이 투자하는 남자가 얼마나 사랑스럽고 매력적이고 섹시하기까지 하다는 걸 느낀 바다.

규모는 작아도 한국에도 그 비슷한 남자가 있넹~~ 하며 영애는 영조를 신기해한다.

여경의 지휘하에 영조가 그런다는 걸 영애는 알지 못한다,

영조가 영애가 유부녀임을 통탄하는 듯 하자 드디어 영애는 큰 인심 쓰듯 운오의 협의이혼 요청에 동의한다.

운오는 만세를 부른다.

영애는 영조가 청혼하리라고 예상하고 영조에게 이혼을 알린다.

그러나 영조는 영애와 결혼할 생각은 전혀 없다.

철저히 이용만 당하고 단 1분의 사랑도 받아보지 못한 결혼 생활에 질렸다 생각한다.

아내에게 한 무시 폭언 폭행 등 자기의 행동에 대한 반성은 없다.

다 해 준 만큼 못 받아서라고 생각한다.

영애도 남편이 준 배신의 상처가 30년 이상 지속된 결혼 생활에 진절머리를 느낀다.

그래서 영조가 청혼하면 난 영조 당신이 싫은 게 아니라 결혼이라는 그 시스템이 싫다는 멘트를 날릴 예정이다.

그래야 영조의 비위를 상하게 하지 않고 자존심에 상처를 받게 하지 않으면서 사업적으로 영조와 좋은 관계를 맺게 되리라 생각한다.

착각은 자유다. 착각은 희망의 어머니이고 좌절은 현타의 딸이다.

싱글 몸짱이 된 운오

여경과의 섹스를 꿈꾸고 그 꿈은 극적으로 이루어진다.

오랫동안 안 했던 것뿐이지 기능이 퇴화한 건 아님을 알고 기뻐하고 여경 역시 너무 오랫동안 안 하면 들러붙어버려 못 하게 된다는 전설을 타파하고 말았다.

이제야 진짜 애인이 된 운오와 여경.

갑자기 시청률 급전직하의 나락에 빠진 해인의 드라마는 여경의 만사를 제친 비밀 적극 참여로 초기의 안정된 시청률을 회복하고, 이어 시청률 고공행진을 하게 된다.

아라는 시드니 트라이에슬론 대회에 전속 코치와 전속 셰프를 거느리고 출전한다.

인천공항에서 아라와 경수를 배웅하고 돌아서는 해인.

공항 주차장

운전석에 앉아 벨트 매고 운전대 잡고 어디로 가야 할지 모르는 표정인데 폰이 울린다.

여경, 지금 어디니?

선생님 차 안이요.

내 차 안이요 라고 해야지.

내 차 안이요.

지금 내가 볶음밥을 만들었는데 양이 좀 많네. 먹고 싶음 빨리 우리 집으로 와.

우리 집요?

아. 하하 내 집.

빙긋 웃으며 시동 거는 해인.

제주아라호텔은 제주뿐 아니라 전국 매출 1위의 호텔로 부상한다.

호텔 경영은 역시 여성이 해야한다는 평이 돌며 수진은 전국 여성경영인협회장을 맡게 되어 더 바빠진다.

수진은 현모에게 이제 주말마다 제주로 날아오는 일을 그만두는 게 좋겠다며 너무 고단하다고 말한다.

현모는 매주 금요일 밤 비행기로 제주 내려가 일요일 밤 비행기로 서울 올라오는 게 고단하기는커녕 담 한 주의 활력소가 된다고 말한다.

수진은 빙긋 웃으며 내가 고단해서 그러는 것이라고 말한다,

달도 차면 기우는 것.

이 소식은 제시딱 여경을 통해 희경에게 전해진다,

어느 금요일 오후

진료실로 걸어가는 현모의 등 뒤에서 '현모 씨'라고 부르는 소리.
현모의 발 멈춘다.
옛날에 희경이 같은 장소에서 '여보!'라고 불렀을 때
병원에서 무슨 '여보야아~'하고 신경질 입빠이 얼굴로 돌아보았던
현모.
오늘은 전혀 신경질적이지 않은 얼굴로 희경을 돌아본다.
픽 웃는 희경.
퇴근하고 제주로 날르는 거야?
아니.
잘됐다.
뭐가.
나랑 저녁 식사 같이 안 할래?
어엉
나, 생일인데 저녁같이 먹을 사람이 없네.
어어. 그러지 그럼.
어디서 먹는데?
불어루 자유.
리베르떼?
엉, 내 환자 아들 정경수 셰프가 한 상 차려놓겠다네.
좋네.
또 경수 엄마가 특실에 걸어논 그림 사라는 거 아냐?
글쎄.

리베르떼 특실

와인잔 들고 눈맞춤 하는 희경과 수진.
생일은 뭔 생일. 하하….

둥근 보름달도 환하게 아름답지만, 기울어진 달도 애잔하게 아름
답다.
달의 크기도 모양도 빛깔도 변한다.
우리들의 사랑도 그렇다.

나는 아무것도 바라지 않는다.
나는 아무것도 두려워하지 않는다.
나는 자유다.

I hope for nothing.
I fear nothing.
I am free.

희랍인 매혹 남 '조르바'를 탄생시킨 카잔차키스의 묘비명이다.
카잔차키스에겐 좀 미안하지만 저기 '나는'을 '사랑은'이라 하고 싶다.

사람은 일생 사랑을 꿈꾸며 산다.
아무것도 바라지 않고, 아무것도 두려워하지 않고 자유로운 진짜 사
랑을.

삶과 사랑의 관계는 피와 꿈의 관계.
피가 돌아야 살지만 꿈이 있어야 피가 잘 돈다.
사랑은 삶을 윤택하게 만드는 활력소다.

일체유심조一切唯心造
글은 말을 다하지 못하고 말은 마음을 다하지 못하니 최대한 구어체
문장으로 마음의 그림에 다가가 보려고 했다.

드라마 대본은 연출과 연기자가 만든 영상을 매개로 시청자와 만나지만 소설은 바로 독자와 직빵으로 만나니 즐겁고도 두렵다.

소설 써보라고 지원해 주신 서울문화재단과 기꺼이 출판을 맡아주신 시지시 대표님께 깊이 감사드린다.

2025년 겨울 끝자락에
일산 집필실에서

드라마작가 **최연지**

최연지 장편소설

애인 2026

초 판 1 쇄 2025년 12월 26일

지 은 이 최 연 지
펴 낸 곳 **시지시**

등   록 제2002-8호(2002.2.22)
주   소 ㉾10364
         고양시 일산동구 호수로 688. A동 419호
전   화 050-5552-2222 / 010-2977-5222
팩   스 (031)812-5121
이 메 일 sijis@naver.com

값 17,000원

ⓒ 최연지, 2025

ISBN 978-89-91029-83-5 03810

★ 이 책은 서울특별시, 서울문화재단
   '2025년 원로예술지원사업'의 지원을 받아 발간되었습니다.